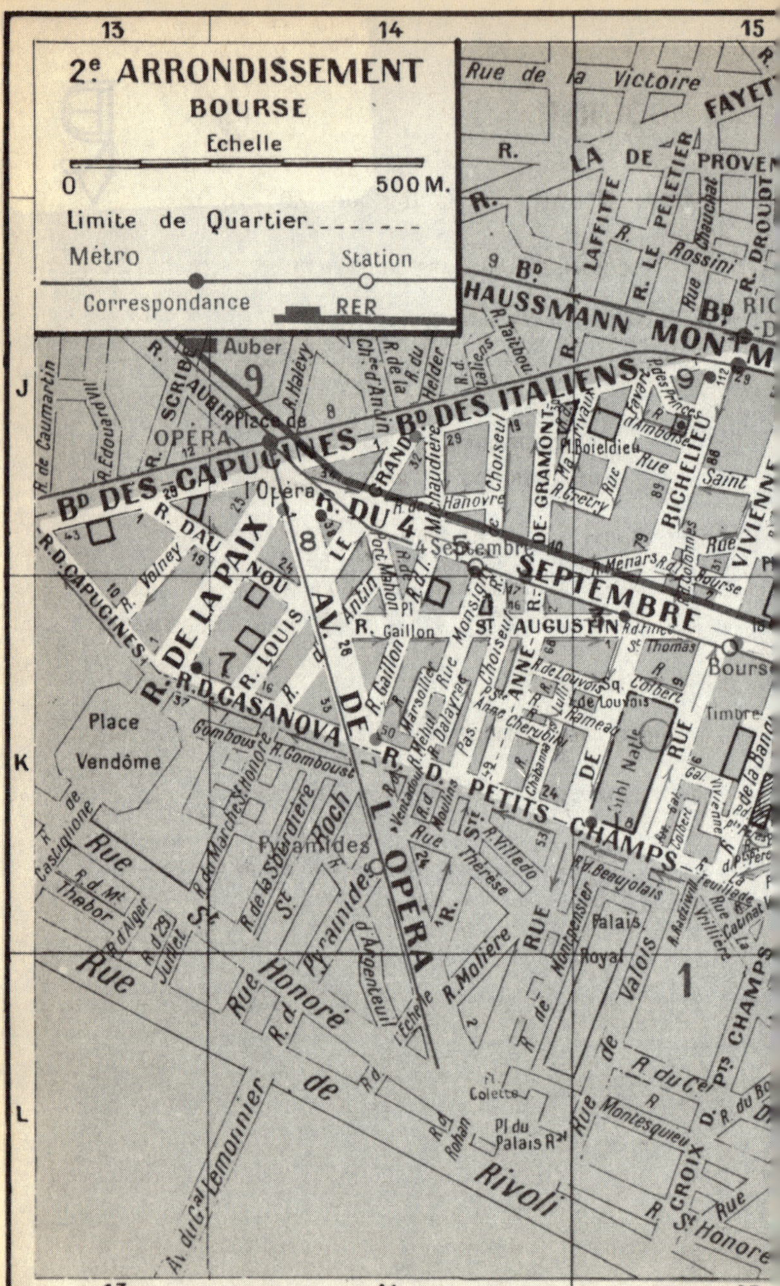
2e ARRONDISSEMENT
BOURSE
Echelle
0
500 M.
Limite de Quartier
Métro
Station
Correspondance
RER
13
14
15
J
K
L
Rue de la Victoire
R. LA FAYETTE
R. LAFFITTE
R. LE PELETIER
R. DE PROVENCE
R. Chauchat
R. Rossini
R. DROUOT
Bd HAUSSMANN
Bd MONTMARTRE
Auber
R. SCRIBE
R. AUBER
R. Halévy
R. de Caumartin
R. Edouard VII
Place de l'Opéra
OPÉRA
Bd DES CAPUCINES
Bd DES ITALIENS
R. de la Chée d'Antin
R. du Helder
R. Taitbout
R. Favart
R. Marivaux
R. des Italiens
R. Choiseul
R. DE GRAMONT
R. Grétry
Pl. Boieldieu
Rue d'Amboise
RICHELIEU
Rue Saint
VIVIENNE
R. de Hanovre
R. DU 4 SEPTEMBRE
4 Septembre
R. Ménars
R. Colonne
Rue Bourse
Bourse
R. DAUNOU
R. Volney
R. DE LA PAIX
R. D. CAPUCINES
R. LOUIS LE GRAND
AV. DE L'OPÉRA
R. Port-Mahon
R. d'Antin
R. Gaillon
R. Monsigny
ST. AUGUSTIN
R. St. Thomas
R. de Louvois
Sq. Colbert
Sq. de Louvois
R. Rameau
R. Chérubini
R. Ste Anne
R. D. CASANOVA
Place Vendôme
R. Gomboust
R. Marsollier
R. Méhul
R. Dalayrac
Pas. Choiseul
R. D. PETITS CHAMPS
Bibl. Natle
Timbre
RUE DE RICHELIEU
R. de la Banque
Gal. Vivienne
Gal. Colbert
Rue de Castiglione
R. d. Mt Thabor
R. d'Alger
R. du 29 Juillet
R. du Marché St. Honoré
R. de la Sourdière
Rue St. Roch
Pyramides
R. des Pyramides
R. d'Argenteuil
R. Molière
R. Thérèse
R. Villedo
R. Ventadour
R. des Moulins
R. Beaujolais
Palais Royal
RUE DE MONTPENSIER
Rue de Valois
R. des PTS CHAMPS
Rue Vrillière
Rue Catinat
R. Feuillade
Rue St. Honoré
Rue de Rivoli
R. de l'Échelle
R. de Rohan
Colette
Pl du Palais Royal
R. du Cl. Bons Enfants
R. de Montesquieu
R. CROIX DES PTS CHAMPS
Av. du Gal Lemonnier
1
7
8
9

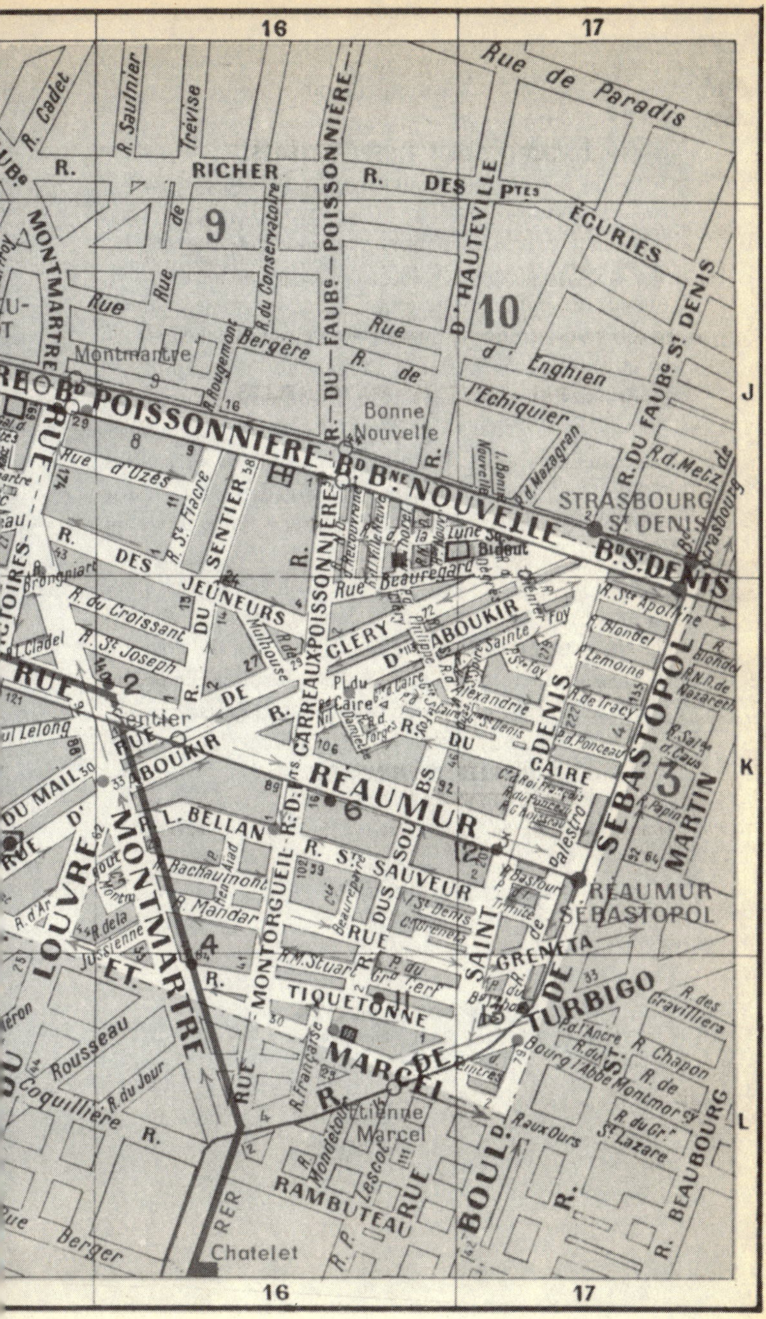
16
17
Rue de Paradis
R. Cadet
R. Saulnier
Trévise
R. RICHER
R. DES PTES ÉCURIES
9
10
MONTMARTRE
R. du Conservatoire
R. DU FAUBG POISSONNIÈRE
R. D'HAUTEVILLE
Rue Bergère
R. Rougemont
Rue d'Enghien
R. de l'Echiquier
Montmartre
Bonne Nouvelle
Bd POISSONNIERE
Bd Bne NOUVELLE
Bd St DENIS
R. DU FAUBG St DENIS
R.d.Metz
R.d.Mazagran
STRASBOURG ST DENIS
Bd de Strasbourg
Rue d'Uzès
R. St Fiacre
R. DU SENTIER
R. DES JEUNEURS
R. du Croissant
R. St Joseph
R. Brongniart
Rue Beauregard
Bigout
R. CLERY
D'ABOUKIR
R. DES CARREAUX POISSONNIERE
R. Ste Apolline
R. Blondel
R. Lemoine
R. de Tracy
R.d.Ponceau
R. de Nazareth
Pl.du Caire
R. Alexandrie
R. DU CAIRE
R. ST DENIS
SÉBASTOPOL
Bd SÉBASTOPOL
ST MARTIN
3
RUE D'ABOUKIR
Sentier
2
RUE DU MAIL
R. L. BELLAN
RÉAUMUR
6
R. St SAUVEUR
R. DUSSOUBS
R. Bachaumont
R. Mandar
RÉAUMUR SÉBASTOPOL
R. Palestro
RUE GRENETA
R. MONTORGUEIL
R. DE TURBIGO
RUE DU LOUVRE
RUE MONTMARTRE
ET.
4
R. TIQUETONNE
R. Française
R. MARCEL
11
R. des Gravilliers
R. Chapon
R. de Montmorency
Bourg l'Abbé
R. du Gr. St Lazare
Rousseau
Coquillière
R. du Jour
Etienne Marcel
R. Mondetour
Lescot
RAMBUTEAU
RUE
BOULD.
Raux Ours
R. BEAUBOURG
RER
Berger
Chatelet
J
K
L
16
17

Zu diesem Buch

„Stoff für viele Leichen“ spielt im 2. Arrondissement von Paris. Ein Industrieller wird erpreßt. Der Privatsekretär Nestor Burma steht vor einer schwierigen Aufgabe. Vierzehn Leichen säumen am Ende seinen Weg.

Léo Malet, geboren am 7. März 1909 in Montpellier, wurde dort Bankangestellter, ging in jungen Jahren nach Paris, schlug sich unter dem Einfluß der Surrealisten als Chansonnier und „Vagabund“ durch und begann zu schreiben. Zu seinen Förderern gehörte auch Paul Éluard. Eines von Malets Gedichten trägt den bezeichnenden Titel „Brüll das Leben an“. Der Zyklus seiner Kriminalromane um den Privatdetektiv Nestor Burma – mit der reizvollen Idee, jede Folge in einem anderen Pariser Arrondissement spielen zu lassen – wurde bald zur Legende. René Magritte schrieb ihm, er habe den Surrealismus in den Kriminalroman hinübergerettet. 1948 erhielt Malet den „Grand Prix du Club des Détectives“, 1958 den „Großen Preis des Schwarzen Humors“. Léo Malet lebt in Paris.

In der Reihe der rororo-Taschenbücher liegt außerdem vor „Bilder bluten nicht“ (Nr. 12592).

Léo Malet

Stoff für viele Leichen

Krimi aus Paris

Aus dem Französischen
von Hans-Joachim Hartstein

rororo
Rowohlt

Malets Geheimnisse von Paris

Les Nouveaux Mystères de Paris

Herausgegeben von
Pierette Letondor und Peter Stephan

2. Arrondissement

Veröffentlicht im Rowohlt Taschenbuch Verlag GmbH,
Reinbek bei Hamburg, Juni 1989

Abdruck der Karten mit freundlicher Genehmigung der
Éditions L'INDISPENSABLE, Paris
Umschlagillustration Detlef Surrey
Umschlagtypographie Walter Hellmann
Gesamtherstellung Clausen & Bosse, Leck
Printed in Germany
780-ISBN 3 499 12593 5

Vorspiel

Alles begann im Kreise der Familie, und genauso ging es weiter. Eine feine Gesellschaft! Damals hatte ich von einer achtbaren Familie aus der Provinz den Auftrag, eine noch minderjährige Ausreißerin wiederzufinden. Ein gewisser Riton de Martique war mir von Florimond Faroux empfohlen worden; er sollte mir bei meiner Suche angeblich helfen können. Halb Zuhälter, halb Polyp. Trieb sich an der Porte Saint-Denis rum. Solche Typen wie Riton haben eine besondere Vorliebe für diese Gegend. Und genau hier war ich nun schon seit rund einer Woche zu finden. Einst zogen die Herrscher durch dieses Tor im Triumphzug in unsere Stadt ein – und auch wieder hinaus, mit den Füßen zuerst, wenn sie ins königliche Grab gebracht wurden. Für die Herren der Unterwelt bedeutet die Porte Saint-Denis so was Ähnliches. So mancher ist hier in der Gegend schon sehr weit hochgestiegen, um dann im Kugelhagel von Freunden wieder sehr tief zu fallen. Ich sollte bald solch ein Beispiel geliefert kriegen. Schließlich gabelte ich diesen Riton auf. Er konnte mir jedoch nicht weiterhelfen. Als ich mich von ihm verabschiedete, war es Zeit für den abendlichen Aperitif. Also ging ich auf ein Glas in ein kleines Bistro an der Ecke Rue Blondel. Seit ich in diesem Viertel herumstrolchte, hatte ich so meine Gewohnheiten angenommen. Die Huren fingen auch schon an, sich für mich zu interessieren. Fragten sich wohl, ob ich nun ein schüchterner Kunde war, ein frisch eingestellter Flic oder ein Zuhälter, der neu im Geschäft war. Die Stammkundschaft in dem Bistro bestand aus windigen Lackaffen mit flinken Äuglein und Frauen, die in ihren enganliegenden Kleidern mehr nackt als angezogen wirkten. Die hohen Pfennigabsätze der Frauen hallten auf dem Boden wider. Wenn die Lackaffen dagegen von der Theke zu den Flipperautomaten gingen, hatte man das Gefühl, sie bewegten sich auf Filzsohlen, so lautlos waren ihre Schritte. Hier und da waren auch Abnehmer für die fleischliche Ware zu sehen, Männer, die all ihren Mut zusammennahmen, oder andere, die sich erholten. Sie machten einen zwielichtigen, gelassenen Eindruck; unter dem Gewicht ihrer traurigen, niederdrückenden Einsamkeit waren ihre Schultern gebeugt.

Abgesehen von diesen Gestalten war das ein lebhafter Ort, sowohl im Bistro als auch draußen. Bald sollte es noch lebhafter zugehen. Die Autos aus der Rue d'Aboukir und der Rue Sainte-Foy kreuzten in einer Art Flaschenhals die Autos aus der Rue Saint-Denis. Ein herrliches Hupkonzert! Zwischen den Autos schlängelten sich Fahrräder und Motorroller hindurch. Im Bistro klingelten ständig die Flipperautomaten. Würfel rollten über die Zinktheke. Ein chromblitzender Musikautomat übertönte mit seinen Schnulzen das Durcheinander der Stimmen.

Ich stand am äußersten Ende der Theke, direkt neben dem Eingang, und beobachtete interessiert die Bewegung auf der Straße, manchmal auch die des Hinterns einer rothaarigen Nutte, die draußen auf und ab ging. Plötzlich pflanzte sich ein Kerl vor mir auf, wie aus dem Boden gewachsen. Ich sah ein längliches, blasses Gesicht, blauschwarze Haare, darauf einen grauen Filzhut. Seine Lippen waren außergewöhnlich schmal, seine Augen so schwarz wie die Haare. Sie sahen über meine Schulter ins Innere des Bistros. Schließlich sah der Kerl mir direkt in die Augen. Er lächelte, was wohl freundlich aussehen sollte, ihm aber nur unvollkommen gelang und sich sowieso auf die rasiermesserdünnen Lippen beschränkte. Die dunklen Augen starrten mich an wie im Fieber. Gleichzeitig machte der Mann eine Bewegung mit der linken Hand, während er die rechte in seiner Jackentasche vergraben hatte. Er sah mich immer noch lächelnd an; seine linke Hand sagte mir: Geh zur Seite! Die Rothaarige war verschwunden. Dante Paolizi – den Namen erfuhr ich später – war zu rücksichtsvoll, zu höflich für einen gemeinen Gangster. Er wurde das Opfer seiner Anständigkeit, seiner guten Erziehung. Als ich endlich kapierte, was er wollte – an manchen Tagen zieht man die Rolläden erst spät hoch –, drückte ich mich blitzschnell gegen die Wand, um nichts mitzunehmen, was mir nicht zustand. Für den Mann da draußen war es zu spät. Durch meine Schuld hatte er ein paar Sekunden zu lange gezögert, und das hatte genügt, um den oder die zu warnen, die er überraschen wollte. Eine ohrenbetäubende Knallerei erfüllte das Bistro. Dante Paolizi empfing seinen Anteil mit der Würde eines amtierenden Monarchen. Er brach zusammen und landete im Rinnstein, während seine Rechte in der Tasche noch immer die Pistole umklammerte. Das Zucken der Leiche löste den gefährlichen Mechanismus aus, und die kleinen Eisenstücke fegten im Tiefflug über das Pflaster.

Der Korse war nicht alleine gekommen, um sein hoffnungsloses Ständchen zu bringen. Sein schmächtiger Freund, ebenfalls schwarzhaarig und blaß, trat an seine Stelle und durchsiebte das kleine ruhige Café. Inzwischen hatte ich mich in einer Art Feuerpause aus dem Staub gemacht. Klar, daß auf der Straße rumgeschrien wurde. Die Autos, die so schnell wie möglich vom Schlachtfeld fliehen wollten, hatten sich derart ineinander verkeilt, daß man sie jetzt nur noch mit Dynamit befreien konnte. Ich weiß nicht, mit wem mich der zweite Gangster verwechselte; jedenfalls schickte er auch eine Kugel in meine Richtung, als er mich abhauen sah. Ich brachte mich hinter einem parkenden Auto in Sicherheit und zog für alle Fälle meine Pistole, bereit, mit dem ersten Verrückten, der mich als Zielscheibe benutzte, in dessen Sprache zu reden. Ich war nicht der einzige, der hinter dem Auto hockte. Eine Nutte hatte sich schon hierher geflüchtet, und fast gleichzeitig mit mir tauchte ein vornehmer dunkelgekleideter Herr unter. Die Nutte war so schnell in die Hocke gegangen, daß ihr zu enganliegendes Kleid aus den Nähten geplatzt war. Was da zum Vorschein kam, erregte den vornehmen Herrn jedoch nicht. Dabei war er doch sicher aus keinem anderen Grund als dem eines flüchtigen Abenteuers hierhergekommen! Jetzt fühlte er sich aber überhaupt nicht mehr sicher. Und der Hörapparat an seinem Ohr war völlig überflüssig. Auch ein Stocktauber hätte den Höllenlärm der *corrida* gehört. Aber jedenfalls war der Schwerhörige nicht blind. Als ich nämlich meiner Kanone frische Luft verschaffte, fuhr er entsetzt hoch und wäre beinahe aus den Latschen gekippt. Die Nutte fühlte sich auch nicht gerade sehr wohl.

Schließlich beruhigte sich alles wieder. Zwei oder drei Schüsse wurden noch abgegeben. Bestimmt nur, um die Konten auszugleichen. Dann breitete sich tödliche Stille aus. Sie wurde von dem wohlbekannten Heulen der Polizeisirene unterbrochen. Der Arm des Gesetzes näherte sich.

Ich steckte meine Waffe wieder ein. Die Nutte und der feine Herr konnten sich von der Aufregung erholen und zur Sache kommen, falls sie noch Lust dazu hatten. Ich ging zu dem Bistro, in dem so seltsame Konzerte zum Aperitif gegeben wurden. Ein Dutzend Uniformierter forderten die plötzlich zusammenströmenden Schaulustigen zum Weitergehen auf. Die Inspektoren versuchten, sich von der Schlacht ein Bild zu machen.

Hin- und hergeschubst, gelang es mir trotzdem, einen Blick in das Bistro zu werfen. Die Spiegel und die meisten Flaschen hatten dran glauben müssen. Wirt und Kellner waren unverletzt; sie lugten über die Theke, hinter der sie sich geflüchtet hatten. Außer ihnen war niemand mehr in dem Bistro. Nur noch die Leichen. Zwei an der Zahl. Beide in durchlöcherten Anzügen zu 50000 Francs. Einer lag vor der Theke, der andere quer über einem Flipperautomaten. Die Musikbox dahinter leierte, von einer Kugel getroffen, immer dieselbe Zeile aus einem bekannten Schlager. Draußen lag Dante Paolizi im Rinnstein, ruhig und entspannt wie an einem lauen Frühlingsabend in Ajaccio. Sein Freund im Windfang erinnerte an einen Sack alter Kleider. Die schwerelosen Seelen von vier schweren Jungs schwebten gemeinsam zur Hölle, von der wir soeben einen Vorgeschmack bekommen hatten.

Die Flics dagegen waren wohlauf und schnauzten die Leute an. Mit ihrem „Weitergehen“ in den verschiedensten Tonarten, vor allem der nervösen Fassung, bemühten sie sich, den Menschenauflauf zu zerstreuen. Der Einsatz ihrer Gummiknüppel rückte näher. Ich wollte gerade ihrer Aufforderung nachkommen, als sie selbst mich daran hinderten. Immer dasselbe mit ihnen. Man kann es ihnen nie recht machen. Plötzlich umklammerte mich ein marineblaues Kraftpaket. Ein Inspektor tastete mich ab, als eine Stimme sagte:

„Vorsicht, der ist bewaffnet."

Ah! War das vielleicht ein kleiner Scherz dieses feinen Pinkels, der gerade noch soviel Schiß gehabt hatte? Die Umklammerung wurde fester. Der filzende Polyp befreite mich von meinem Revolver. Er betastete mich noch weiter. Als er meine Pfeife berührte, stieß er ein richtiges Triumphgeheul aus. Hielt sie wohl für den zweiten großen Fund! Ich mußte über seinen Irrtum grinsen. Zum Ausgleich für die Enttäuschung versetzte er mir einen kräftigen Schlag. Zusammen mit drei armen Teufeln, die so unschuldig waren wie Jeanne d'Arc, wurde ich in den Polizeiwagen gestoßen. Ab zur Hauptwache in die Rue de la Banque, also ganz in die Nähe meines Büros. War von denen aber wohl nicht als freundliche Geste gemeint. Bevor die Bürohengste dort zum Angriff übergehen konnten, zeigte ich ihnen meine Papiere. Der Dienststellenleiter, Kommissar Grandjean, kannte mich flüchtig. Meine Agentur in der Rue des Petits-Champs lag in seinem Bezirk, im selben Arrondissement, nur dreihundert Meter weiter. Das vereinfachte die Dinge zwar, aber er konnte sich nicht entschließen, mich einfach so laufen zu lassen. Ich bat um die Erlaubnis, meinen alten Freund Florimond Faroux anrufen zu dürfen, den Kommissar bei der Kripo. Das sei nicht nötig, sagte Monsieur Grandjean. Faroux werde sowieso gleich hier sein. Die Art und Weise dieser blutigen Auseinandersetzung lasse vermuten, daß das Ganze mit einem Fall zusammenhänge, mit dem sich bereits der Quai des Orfèvres beschäftige, eben in der Person meines Freundes. Kurz darauf kam Florimond Faroux und half mir aus der Patsche. Wie gewöhnlich mekkerte er über mein seltenes Talent, immer ganz in der Nähe zu sein, wenn es irgendwo knallt. Nachdem er das losgeworden war, hörte er sich an, warum ich auf dem Schlachtfeld gewesen war. Da er selbst mir den Tip mit Riton gegeben hatte, kannte er die Gründe dafür. Dann verbürgte er sich bei seinen Kollegen für meine staatstreue Gesinnung. Als alle Ordnungshüter, von Monsieur Grandjean bis hin zum diensthabenden Polizisten, genug am Lauf meiner Pistole wie an einer seltenen Blüte geschnüffelt hatten, um sich mit übertriebenem Pflichtbewußtsein zu vergewissern, daß ich nicht vor kurzem damit geschossen hatte, wurde mir das Ding wieder zurückgegeben. Bei der feierlichen Versöhnungsgeste warfen mir zwei uniformierte Kerle, stämmig und durchtrainiert, einen finsteren Blick zu. Sie bedauerten es wohl, daß ich ihnen entkam. Nachdem das geregelt war, forderte Faroux mich auf, meine Zeugenaussage zu machen. Nichts leichter als das. Ich sagte, was ich gesehen hatte. Ich sagte auch, warum ich meine Pistole rausgeholt hatte; das schien denen nämlich keine Ruhe zu lassen. Faroux verkniff sich jeden Kommentar. Stattdessen fragte er seine Kollegen:

„Hat Henri Péronnet was damit zu tun?"

„Hier ist die Liste", antwortete Monsieur Grandjean und reichte ihm ein Blatt Papier. „Der Name steht nicht drauf."

„Hat nichts zu sagen. Wir haben nämlich rausgekriegt, daß Dante Paolizi unter den Opfern ist; deshalb interessiert sich die 36 dafür."

„Dante Paolizi ist wirklich einer der Toten."

Florimond Faroux las die Liste der Toten durch und gab sie dann mir, als hätte mich das interessiert. Ich las:

Dante Paolizi;
Napoléon Renucci, alias César alias Bibi;
Maurice Jacquel alias Maurice der Algerier;
André Bertaud alias der Dicke Bébert alias
Die Schweißmaschine

Hinter jedem Namen standen ein paar Angaben. So erfuhr ich den Namen des wohlerzogenen Mörders, der vor mir aufgetaucht war. César Bibi war der Korse, der wie angewurzelt im Windfang gestanden hatte. Die beiden letzten Namen gehörten den Toten, die das Bistro so hübsch schmückten. Das Ganze war mir ziemlich egal. Beim Lesen erwischte ich Faroux dabei, wie er mich aus den Augenwinkeln beobachtete.

„Schön", sagte ich und schlug auf das Blatt. „Und was soll ich jetzt tun? Die schmerzlichen Verluste beweinen?"

Faroux zuckte die Achseln, riß mir das Papier aus der Hand und warf es auf den Schreibtisch.

„Im Bandenkrieg", sagte er und strich über seinen Schnurrbart, „ist es genauso wie in jedem anderen Krieg. Nur selten lassen die Generäle ihre Federn."

Monsieur Grandjean sah seinen Kollegen mit großen Augen an. Jetzt führten die illustren Herren von der Tour Pointue auch schon anarchistische Reden!

„Bertaud und Jacquel", fuhr mein Freund fort, „gehören zu Péronnets Leuten... Henri Péronnet... Nennt sich auch gelegentlich Stivil oder Lamoureux..."

„Verstehe", sagte Monsieur Grandjean.

„Und Sie, Burma?"

„Was?" fragte ich zurück.

„Verstehen Sie auch? Kennen Sie diesen Péronnet?"

„Scheiße!" explodierte ich wütend über diese unsinnigen Verdächtigungen. „Keiner kennt ihn so gut wie ich! Internationaler Gauner, Grabschänder, Dieb, Steuerhinterzieher, Hochstapler, genau weiß ich's nicht, aber wir beide, wir sind wie die Brüste von Martine Carol. Sieht man den einen, ist der andere nicht weit. Ich mach Ihnen ein Geständnis: Ich war mit ihm in dem Bistro verabredet. Und weil ich nicht gern untätig bin, wenn ich warte, hab ich den vier Gangstern auf Ihrer Liste den Tag versaut, nur so zum Zeitvertreib. Ist ungefähr zur gleichen Zeit in der Gegend vielleicht eine Concierge vergewaltigt worden? Das kann ich auch noch gleich gestehen, wenn Sie Wert drauf legen. Wird mir weibliche Kundschaft einbringen."

„Reden Sie keinen Quatsch", sagte Faroux.

Dabei zwinkerte er Monsieur Grandjean komplizenhaft zu, damit dieser nicht zu ernsthaft an Sicherheitsverwahrung dachte.

„... Monsieur Burma muß auf seinen Ruf als Scherzkeks achten“, versuchte er zu erklären.

„Ich weiß, ich weiß“, nickte der Dienststellenleiter zustimmend. So ganz war er aber nicht davon überzeugt. Meinen Humor (wenn man das so nennen kann!) schien er jedenfalls nicht übermäßig zu schätzen.

„Reden Sie keinen Quatsch“, wiederholte Faroux. „Péronnet ist ein Gangster der feinsten Sorte. Vielleicht haben Sie von ihm gehört...“

„Hab nicht die Ehre“, sagte ich.

„Aber Monsieur Grandjean kennt ihn.“

„Ja. Nachdem Sie mir auf die Sprünge geholfen haben“, sagte der. „Der Kerl von Champigny.“

„Von Champigny und von Maisons-Laffitte. Zwei Villen, die von uns umstellt worden sind, und beide Male für die Katz. Dieser Péronnet hat davon erfahren und ist getürmt. Wir werfen ihm mehrere Überfälle und Betrügereien vor, nicht zu reden von seiner mehr oder weniger erwiesenen Zugehörigkeit zur Gestapo während der Okkupation und seiner vermutlichen Beteiligung an einem Devisenbetrug. Als wir ihn tatsächlich mal festgenommen hatten, konnte er aus dem Untersuchungsgefängnis entwischen. Einer von uns hat ihm wohl dabei geholfen. Muß ziemlich gute Verstecke haben. Unmöglich, ihn zu fassen. O nein! Das ist kein gewöhnlicher Gangster. Hat bei Stavisky gelernt.“

„Jetzt weiß ich, wen Sie meinen“, sagte ich. „Das führt aber auch nicht weiter.“

„Schade“, sagte Faroux.

„Also“, mischte sich Monsieur Grandjean ein, „dann gehörten Bertaud und Jacquel zu seiner Bande? Na ja, dann brauchen wir hinter den beiden wenigstens nicht mehr herzurennen. Und wenn ich Ihre Bemerkung über die Generäle richtig verstanden habe, Kommissar, dann glauben Sie, daß

Péronnet mit denen zusammen in diesem Bistro saß, und daß Dante es besonders auf ihn abgesehen hatte, na ja... wenn er Zeit dazu gehabt hätte..."

„Genau." Faroux wandte sich wieder mir zu: „In den Vierzigern, graue Haare, fast weiß, 1,70 m, feistes Gesicht, etwas plump. Kurzsichtig, trägt immer eine Brille. Schläft mit Brille, um immer startbereit zu sein."

„Ein Gangster mit Brille?"

„Aber trotzdem gefährlich. Seine Eltern waren bestimmt nicht sehr gesund. Das rechte Ohrläppchen ist an der Wange festgewachsen. Sie haben nicht zufällig jemand an der Theke bemerkt, auf den diese Beschreibung paßt?"

„Fünfundzwanzig Jahre", sagte ich und runzelte die Stirn, so als wollte ich damit meinem Gedächtnis nachhelfen. „Kastanienbraunes Haar. Grüne Augen. Sah aus wie eine Katze. Und ein Paar herrlicher..."

„Ich mein es ernst.."

„Ich auch. In diesem Viertel seh ich mir keine Männer an. Tut mir leid, Faroux, aber ich kann mich an keinen erinnern, auf den Ihre Beschreibung paßt. Wirklich."

Er zuckte die Achseln, drehte sich zu seinem Kollegen um, der mich mißbilligend ansah.

„Dante hatte einen Bruder", erklärte Faroux. „Emilio, genannt ‚Der Fotograf', weil er sich hin und wieder als Straßenfotograf tarnte. Dante hat immer mehr oder weniger alleine gearbeitet. Sein Künstler-Bruder war Péronnets Komplize. Vor kurzem ist er gestorben. Wurde auf einem unbebauten Grundstück gefunden, übel zugerichtet. Ich mein jetzt Emilio. Laut Dr. Paul war er den Folgen einer etwas zu ausgedehnten Schlägerei erlegen. War wohl zu reichlich bedacht worden. Wir haben Grund anzunehmen, daß er abgemurkst wurde, weil es zwischen ihm und Péronnet Differenzen gegeben hatte. Kein Zweifel, heute abend wollte Emilios Bruder sich an Péronnet rächen, zusammen mit einem Landsmann. Waren aber nicht schnell genug."

„Mit diesen Korsen gibt's ständig Ärger", seufzte Grandjean mit ostfranzösischem Akzent. „Ich erinnere mich an den Fall Stéfani…“

Ich mich auch.

„Damals“, sagte ich, „wurde in der 36 ein Sondertrupp zusammengestellt, nur um die Leichen einzusammeln.“

Faroux brummte irgendetwas von Pech.

Kurz darauf verließen wir zusammen das Polizeirevier. Faroux begleitete mich in die Rue des Petits-Champs, bis zum Gitter der Bibliothèque Nationale. Dort verabschiedeten wir uns. Ich ging in mein Büro. Während ich einen beruhigenden Bericht für die Eltern der Ausreißerin verfaßte, dachte ich an Riton. Dann an Péronnet. Schien ein sehr begabter Gangster zu sein. Ich kannte ihn nicht. Florimond Faroux hielt das wohl bei einem Privatdetektiv, der von Berufs wegen über so etwas Bescheid wissen muß, für eine bedauerliche Bildungslücke. Ich grinste in mich hinein. Zu dem Zeitpunkt wußte ich noch nicht, daß diese Lücke bald geschlossen werden würde.

Zusammen mit einigen Särgen.

1

Schatten der Vergangenheit

Zehn Uhr morgens. Pfeiferauchend las ich Zeitung. Wegen meiner Minderjährigen brauchte ich mir nicht mehr den Kopf zu zerbrechen. Eins dieser Wochenblättchen mit den rosaroten Liebesgeschichten brachte mich auf ihre Spur. Hier wurden die Romanzen des Jahrhunderts erzählt, seitenlange Geschichten von Liebespaaren und dem ganzen Zeug. Toll, diese Kleine! Sie hatte nur rund zehn Wochen gebraucht, um einen jungen Millionär aufzugabeln, ihn zu verführen und sich mit großem Brimborium von ihm heiraten zu lassen. So machte das neuerdings also eine Unschuld vom Lande! Etwas pfiffiger als Nestor Burma, ohne jemandem zu nahe treten zu wollen. Die besorgten Eltern konnten stolz auf ihre Tochter sein: sie war keine Nutte geworden, wie sie es befürchtet hatten. Jedenfalls nicht so eine.

Ich schob die Zeitungen zur Seite und zündete meine Pfeife wieder an. Von der Romanze abgesehen, wie üblich nichts über Péronnet und die Schießerei, die ich mitgekriegt hatte. Seit gut zwei Monaten sprachen die Zeitungen nicht mehr davon. Schon drei Tage nach dem Drama hatte man die Sache vergessen. Die Razzien hatten nichts ergeben. Péronnet blieb unauffindbar, die Untersuchungen waren an einem toten Punkt angelangt. Und ich ging nicht einfach so aus krankhafter Neugier zu Florimond Faroux. Der hätte sich noch wer weiß was dabei gedacht. Im übrigen interessierte mich das Schicksal dieser Gangster nicht.

Durch das offene Fenster drang der Straßenlärm zu mir in die zweite Etage. Wenn ich tief einatmete, konnte ich beinahe das Parfüm der eleganten Damen riechen, die aus der Rue de la Paix kamen oder dorthin gingen. Die Rue des Petits-Champs gehört zu den Straßen von Paris, in der man die schönsten Frauen sehen kann. Vor allem in der warmen Saison. Ich hatte genug Zeit gehabt, mich davon zu überzeugen, damals, als…

Ich hätte besser nicht die Vergangenheit heraufbeschwören sollen.

Meine Gedanken wurden von Hélène Chatelain unterbrochen. Sie öffnete die Verbindungstür, schloß sie vorsichtig wieder hinter sich, ohne den weißen Porzellanknauf loszulassen.

„Esther Lévyberg", meldete meine Sekretärin. „Sie sagt, daß Sie sie kennen."

Ich verzog das Gesicht:

„Lévyberg? Davon gibt's bestimmt mehrere Spalten im Telefonbuch. Genauso wie von Dupont. Vielleicht ist das der Grund, weshalb so viele Lévys, mit oder ohne Berg, sich zu Dupont umschreiben lassen. Eigentlich keine Namensänderung. Na gut. Sieht sie nach Lévyberg aus?"

„Sehr jüdisch, ja."

„Häßlich, wie auf antisemitischen Karikaturen?"

„Nur von einer Seite."

„Von hinten?"

„Machen Sie keine Witze, Chef. Sie trägt einen Schleier, der ihr Gesicht halb verdeckt. Der Schleier hat sich verschoben, und..." Hélène machte ein gequältes Gesicht. „...Die eine Hälfte des Gesichts ist furchtbar verbrannt. Die andere Hälfte ist sehr hübsch."

„Bitten Sie sie herein", sagte ich. „Ich nehm dann eben die hübsche Hälfte, wenn ich überhaupt was nehmen darf."

Hélène zuckte die Achseln, öffnete die Tür weit und sagte:

„Bitte, Madame."

Dann trat sie zur Seite, um die Besucherin reinzulassen. Ich stand auf und begrüßte sie.

Sie hatte die Vierzig knapp überschritten, wirkte jedoch älter. Wie viele Frauen ihrer Rasse ging sie sehr in die Breite. Ihr Büstenhalter hatte alle Hände voll zu tun. Häßliche Falten furchten ihre Stirn und verlängerten die vollen Lippen. Ihre Gesichtszüge aber waren, soweit man sie sehen konnte, immer noch von vollkommener Reinheit. Der Blick ihrer Rehaugen war etwas verstört. Sie trug ein teures dunkles

Kostüm, gutgeschnitten, aber von gewisser Gleichgültigkeit und ohne jeden Geschmack. So was Ähnliches hatte derjenige versucht, der den Hut angefertigt hatte, mit dem Schleier über der entstellten Gesichtshälfte. Das hätte furchtbar lächerlich sein können. War es aber nicht.

„Setzen Sie sich doch bitte", sagte ich.

Hélène schob ihr den Sessel hin und verschwand dann in ihrem Büro. Die Jüdin setzte sich nicht. Über den mit Schriftstücken überhäuften Schreibtisch nahm sie meine Hände und drückte sie.

„Nestor Burma", sagte sie lächelnd.

Sie hatte hübsche Zähne. Ihr Lächeln paßte dazu. Schien überrascht, daß ich vor Freude nicht an die Decke sprang. Nachdem sie meine Hände losgelassen hatte, setzte sie sich.

„Sie erkennen mich nicht", sagte sie und wiegte den Kopf hin und her. „O ja! Ich hab mich verändert. Mehr als Sie sich. Sie sind fast derselbe geblieben, mein Lieber. Gratuliere!"

Ich verbeugte mich und setzte mich wieder.

„Aber an meinen Namen hätten Sie sich erinnern können", fuhr sie mit etwas brüchiger Stimme fort. „Esther Lévyberg", fügte sie noch hinzu, jede Silbe betonend.

Ich sah sie an und kramte, gründlicher als vorher, in meinem Gedächtnis nach diesem Namen. Weit weg, verteufelt weit weg, so in den Jahren 1929 – 30, schlummerte sanft eine Erinnerung, die nicht so recht aufwachen wollte.

„Esther Lévyberg?" murmelte ich.

„Ja."

Sie lachte, machte eine weitausholende Bewegung, was mich an eine Kehrmaschine der Städtischen Straßenreinigung erinnerte.

„... Ich hätte schon vor einiger Zeit zu Ihnen kommen können, aber wir haben uns unter solchen Umständen getrennt, daß ... na ja ..."

Der andere Arm fegte mit derselben Bewegung in die entgegengesetzte Richtung.

„... Und dann hab ich Sie bis jetzt noch nicht gebraucht.

Ich bin offen, nicht wahr? Bin ich immer. Ich bin sozusagen die personifizierte Offenheit..."

Sie lachte wieder.

„...Nestor Burma! Wer hätte gedacht, daß Sie einmal Detektiv werden würden? Und jetzt sind Sie einer, und ich brauche Sie, weil... weil..."

Sie machte eine kurze Pause.

„...Moreno ist zurückgekommen", sagte sie dann, beinahe bühnenreif.

Die Erinnerung gähnte, reckte sich, trat aus dem Nebel der verflossenen Jahre. Wie ein Floh im Fell einer Angorakatze nistete sie sich in meinem Gedächtnis ein.

„Alice!" rief ich.

Ich stand auf, ging um den Schreibtisch herum, nahm die Hände meiner Besucherin in meine und drückte sie herzlich.

„Na endlich", sagte sie. „Sie haben ganz schön lange gebraucht. Ich möchte wissen, ob Sie ein so guter Detektiv sind, wie erzählt wird."

„Meine liebe Alice!" sagte ich.

„Esther", verbesserte sie mich schroff. „Alice ist ein Goi-Name. Esther, das ist jüdisch, ein richtiger Name. Und ich bin ja eine richtige schreckliche, gemeine Jüdin. Wäre ich keine Jüdin, wär mir das, was mir passiert ist, nicht passiert."

Weil ich keine Lust auf endlose Diskussionen hatte, schwieg ich dazu. Aber ich dachte an die Verfolgungen der Nazis. Unwillkürlich wanderte mein Blick zu dem Schleier, der die Narben verdeckte, von denen meine Sekretärin gesprochen hatte.

„Das meine ich nicht damit", sagte Esther, die meine Gedanken erriet. Sie hob den dunklen Stoff hoch, und mir bot sich ein furchtbares Bild: ein zerstörtes Gesicht mit brandroten Narben.

„Nicht gerade hübsch anzusehen, hm? Sicher, das hätte damals besser behandelt werden können. Aber wir hatten weder Medikamente noch die nötigen chirurgischen Instrumente..."

Ich schwieg. Sie ließ den Schleier wieder runter.

„... Das war in einem Lager. Ja, ich wurde deportiert, mit der ganzen Familie. Man hatte uns denunziert." Sie deutete ein sonderbares Lächeln an. „Mein Bruder und ich sind als einzige zurückgekommen. Das hier ist in einem Lager passiert, bei einem Brand, aber ... ich hasse die Deutschen nicht."

„Sie hätten aber allen Grund dazu", warf ich ein. „Haß als Antwort auf Haß, das bringt nichts Gutes ein. Aber schließlich ... Niemand würde es Ihnen verübeln."

„Ich hasse sie nicht", beharrte sie.

Ein leidenschaftliches Aufblitzen in ihren Samtaugen straften ihre Worte Lügen.

„Um so besser", sagte ich.

Ich setzte mich wieder hinter meinen Schreibtisch. Noch verstand ich nicht so recht, wofür ich bei dem Ganzen gut sein sollte. Vielleicht machte sie ja gerade eine Umfrage über Antisemitismus und Deutschfreundlichkeit bei dynamischen Detektiven wie mir, zehn Jahre nach der Landung der Alliierten.

„Wenn ich keine Jüdin gewesen wäre", fing sie wieder an, „hätten sich mein Vater und mein Bruder nicht meiner Verbindung mit Moreno in den Weg gestellt. Ich hätte ein Recht auf mein Glück gehabt ..."

Daran zweifelte ich, teilte ihr meine Zweifel aber nicht mit.

„Sie sagten, er sei zurückgekommen?" fragte ich.

Auch daran zweifelte ich. Aber sie sollte besser erst mal ihre Geschichte erzählen.

„Ja. Es gibt mehrere Anzeichen dafür. Ich werd's Ihnen erklären. Bestimmt will er sich rächen. Meine Eltern haben ihm das Leben schwergemacht. Ich möchte ... wie sagt man? ... das Schlimmste verhüten und habe gedacht ... weil Sie doch schließlich sein Freund waren ..."

„Ja. Aber ich hab ihn lange nicht mehr gesehen."

„Seit dem Tag, an dem Sie uns zum Bahnhof gebracht haben ... zur Gare de Lyon, als wir geflohen sind?"

„Ja, genau."

Ohne sie um Erlaubnis zu fragen, stopfte ich meine Pfeife, zündete sie an und hüllte mich in Rauch. Wie 1930 die Lokomotive des Zuges nach Vintimille.

„Und Sie haben danach von keinem mehr was gehört? Von ihm genausowenig wie von mir?"

„Nein."

„Sie wollten nicht einmal, daß wir Ihnen schreiben."

„Möglich."

„Georges sagte, Sie hätten mich geliebt. Wir sind mehrmals zusammen ausgegangen, Sie und ich, wenn er verreist war... Erinnern Sie sich?"

„Ja."

„Georges sagte, Sie hätten Feuer gefangen."

„Georges Moreno gehörte zu den Betrügern mit poetischer Ader. Er war ein Phantast. Er liebte Sie so sehr, daß er sich nicht vorstellen konnte, jemand könnte Ihnen begegnen, ohne sich auf den ersten Blick in Sie zu verlieben."

„Er liebte mich wirklich, nicht wahr?"

„Wie können Sie so etwas fragen! Er liebte Sie bis zum Wahnsinn. Das ist das richtige Wort dafür. Wissen Sie noch, als Ihre Eltern Sie von einem Tag auf den andern in die Provinz schickten, um Sie vor seiner Hartnäckigkeit in Sicherheit zu bringen..."

„Ja?"

„Nach ein paar Tagen war er bei Ihnen, nicht wahr?"

„Ja."

„Aber nicht vollständig, hm?"

„Ihm fehlte der kleine Finger an der rechten Hand."

„Hat er Ihnen erzählt, unter welchen Umständen er ihn verloren hatte?"

„Er hat von einem Unfall oder so was Ähnlichem gesprochen."

„Jaja. Ein Unfall..."

Ich versank tiefer im Sessel und blickte dem Rauch meiner Pfeife nach, der zur Decke hochstieg.

„...Als er von Ihrer erzwungenen Abreise gehört hatte,

wollte er sofort zu Ihnen. Er wußte, wo Sie waren, besaß aber keinen Sou. Er brauchte hundert Francs. Es war zu spät, um eine Kasse auszuräumen. Die Läden waren schon geschlossen. Also machte er sich auf die Suche nach jemandem, der für Sensationen zu haben war. Kleiner Finger zu verkaufen! Hundert Francs für einen kleinen Finger! Einmalige Gelegenheit! Wir trafen einen anderen Wahnsinnigen. Der nahm unseren Moreno beim Wort, ohne es selbst ernstzunehmen. Nur konnte der verdammte Idiot sein Angebot nicht mehr zurückziehen. Unser Feund hatte sich den Finger schon abhacken lassen. Das war eine Aktion! Alle sind umgekippt. Moreno hatte zwar seine hundert Francs, konnte aber nicht den Nachtzug nehmen. Er mußte ins Krankenhaus gebracht werden, wo er fast krepiert wär..."

Ich hustete, um den Kloß in meinem Hals loszuwerden.

„Ein zäher Bursche!" Esther Lévyberg bedeckte ihr Gesicht mit der Hand wie jemand, der müde ist.

„Wenn er nicht gezögert hat, sich für hundert Francs zu verstümmeln," sagte sie mit dumpfer Stimme, „was wird ihm dann nicht noch in den Kopf kommen, um sich zu rächen?"

Ich schwieg.

„...Ich hab nicht nur um meinen Bruder Angst. Auch um mich. Ich bin nämlich schwach geworden. Als meine Eltern uns nach ein paar Monaten wieder aufgespürt hatten, habe ich mich überreden lassen. Ich habe Georges aufgegeben. Und sie haben ihn gezwungen zu fliehen, ich weiß nicht wohin. Sie hatten irgendetwas aus seiner Vergangenheit herausgefunden."

„Er war ein Betrüger", sagte ich. „Hieß nicht mal Georges Moreno."

„Ja, ich weiß. Ich hätte ihn nicht verlassen sollen. Na ja, was geschehn ist, ist geschehn. Ich hab's bereut, aber das kann er nicht wissen. Ich war schwanger von ihm; sie haben mich zur Abtreibung gezwungen."

In ihren Augen blitzte es leidenschaftlich auf, so wie ich es eben schon bemerkt hatte. Ich hob die Schultern.

„Lassen wir die Vergangenheit ruhen", sagte ich, „und sprechen wir von der Gegenwart. Was erwarten Sie von mir?"

„Daß Sie mich vor Moreno beschützen."

„Sie sagten, er sei zurückgekommen?"

„Ja."

„Welchen Anhaltspunkt gibt es dafür?"

Sie strich sich mit der Hand übers Gesicht.

„Ich werd's Ihnen erklären. Heute wollte ich erst mal Kontakt mit Ihnen aufnehmen, sehen, ob Sie der Burma sind, den ich damals kannte, Morenos Freund. Und sehen, ob Sie mir helfen wollen. Wollen Sie?"

„Ich werde mein Möglichstes tun."

„Danke..."

Sie erhob sich: „...Ich bin müde. Ich möchte jetzt nicht mehr darüber reden. Kommen Sie morgen zu mir nach Hause. Dann werde ich Ihnen die nötigen Einzelheiten mitteilen, die Sie für Ihre Nachforschung brauchen. Gegen elf Uhr, Rue des Jeûneurs. Stoffe Berglevy, fünf Etagen: Wohnung, Büros, Lagerräume, Geschäftsräume. Sie können es nicht verfehlen. Man sieht's schon kilometerweit."

„Ich werde kommen", sagte ich.

Sie ging zur Verbindungstür, schwerfällig auf ihren dicken Beinen. Ich brachte sie nach draußen.

„Bis morgen", sagte sie. „Schön, daß ich Sie wiedergesehen habe. Und verzeihen Sie bitte, daß ich nicht mehr Alice bin."

Ich gab ihr wortlos die Hand, ging wieder hinein und schloß die Tür. Hélène klapperte auf der Schreibmaschine. Sollte wohl so aussehen, als käme die Agentur Fiat Lux vor Arbeit um. Ein Sonnenstrahl spielte mit ihren kastanienbraunen Haaren. Das würde nicht immer so bleiben. Jedenfalls würde er nicht immer mit denselben Haaren spielen. Das Altwerden ist eine häßliche Geschichte. Von allen Geschichten die häßlichste. Ich ging hinunter ins Bistro an der Ecke, um mich wieder aufzurichten, zum Leidwesen meiner Leber.

* * *

Am frühen Nachmittag war ich wieder etwas besser drauf. Ich ging in die Bibliothèque Nationale und blätterte in den Ausgaben der *Libertaire* vom Juni 1937. Es dauerte nicht lange, und ich fand den gesuchten Artikel. Ich erinnerte mich an ihn, als hätte ich ihn gestern zum ersten Mal gesehen. Es ging um zwei Leute, die ich kannte. Aber mein Gedächtnis konnte mich täuschen. Deswegen wollte ich es auffrischen. Der Artikel erklärte die Umstände, unter denen drei Mitglieder der *Colonne Duruti* von den Franquisten gefangengenommen und erschossen worden waren. Es handelte sich um Louis Barel, Pierre Lagogué und Denis Séverin. Der letztere war Anführer einer Sprengstoffeinheit gewesen...

...Denis Séverin war bekannt bei unseren Kameraden der Groupe d'Etudes sociales von Montpellier und bei unseren Freunden von Lyon, wo er eine Zeitlang ein philosophisches Blatt geleitet hatte, das unseren Ideen sehr nahestand...

Denis Séverin war nicht der richtige Name von Georges Moreno – den hab ich nie erfahren. Aber er gehörte zu seiner Sammlung. Wenn Georges jetzt, zwanzig Jahre nachdem er die Erbin eines reichen Tuchhändlers entführt hatte, zurückkehrte, um bei dem Mädchen und ihrer Familie Krach zu schlagen, dann nur während einer spiritistischen Sitzung. Die Firma Lévyberg konnte ihn leicht loswerden. Sie brauchte ihm nur ein neues Leichentuch zum Fabrikpreis geben. War nur die Frage, ob die Schatten im kranken Hirn einer Frau, die anscheinend sehr viel gelitten hatte, nicht gefährlicher waren als die Lebenden.

2

Schiefer Haussegen

Man sah es nicht gerade kilometerweit; denn auf der Rue des Jeûneurs hat man keinen weiten Blick wie auf der Place de la Concorde. Aber als ich vor dem Gebäude stand, konnte ich es gar nicht übersehen. Daß hier kein Schwarzhändler unter der Hand Stoffe verkaufte, war auch sonnenklar. Fünf Etagen. Eine Fassade, so breit wie eine Flußmündung. Viele hohe Fenster. In jeder Etage horizontal eine lange Tafel aus schwarzem Marmor oder ähnlichem Material. Darauf stand in Goldbuchstaben:

STOFFE BERGLEVY.

Tuche, Wollgewebe, Baumwollgewebe, Seidenstoffe.

Groß- und Einzelhandel Lévyberg Nachf.

Lévyberg wurde dreimal wiederholt. Der Junge war stolz auf seinen Familiennamen. Würde ihn sicher nie gegen Dupont eintauschen. Neben dem Portal parkte ein großer gelbschwarzer Lieferwagen. Auf den Seitenflächen las ich: *Spedition T.B.R.L.* Noch ein Unternehmen von René Lévyberg, dessen Name immer unter dem Firmennamen stand. Sicher stand auch der Name in Großbuchstaben auf der Rückseite der Pyjamas, die sich Monsieur Lévyberg aus eigenem Tuch anfertigen ließ. Wie auf den Bademänteln der Boxer oder auf den Kitteln der Tankwarte. Vielleicht hatte ich aber auch Vorurteile.

Ich ging durch das unfreundliche Portal. Ein starker Appreturgeruch stieg mir in die Nase. Über den Hof trugen Lagerarbeiter Tuchballen. Vor einer verglasten Portiersloge stand ein ziemlich alter Mann. Der Portier schnauzte ihn an:

„Wie oft soll ich dir's noch sagen? Du warst doch gestern schon hier. Wir stellen keine Leute ein! Verstehst du kein Französisch, Opa?"

Der Mann draußen gab's auf. Den Rücken gebeugt, schlurfte er weiter. Altwerden ist eine häßliche Geschichte.

Man findet keine Arbeit mehr, und jeder beliebige Dreckskerl kann einen anschnauzen, nur weil er mit seinem Hintern im Warmen sitzt.

Als ich an dem Glaskäfig vorbeiging, kam der unangenehme Wachhund heraus. Solche Kerle sehen immer potthäßlich aus. Aber der hier stellte alle in den Schatten. Dazu schimpfte er noch herum, was ihn nicht gerade hübscher aussehen ließ. Als er mich sah, bremste er sich nicht etwa, sondern schimpfte weiter. Dabei musterte er mich von oben bis unten.

„Was wollen Sie?“ spuckte er schließlich.

Er stank nach billigem Wein. Ein Biß von ihm, und man wurde besoffen.

„Mademoiselle Lévyberg“, sagte ich. „Mademoiselle Esther Lévyberg.“

„Was wollen Sie von ihr?“

„Privat!“ sagte ich schroff. „Ich bin mit Mademoiselle Lévyberg verabredet. Melden Sie mich bei ihr an, oder sagen Sie mir, wo ich sie finden kann. Eins von beiden. Mein Name ist Burma.“

„’tschuldigung, Monsieur“, sagte er lammfromm. „Diese Arbeitslosen gehen mir auf die Nerven. Die bringen mich zur Weißglut...“

„In Ordnung. Jeder kommt in die Wechseljahre.“

„He? Jaja. Wird wohl so sein...Hm...Ich weiß gar nicht, was ich machen soll...M’oiselle Lévyberg gehört nicht in meinen Bereich. Ich soll nur die Leute abwimmeln, die meinen, bei uns ist es so wie bei Renault, wo immer Leute eingestellt...“

Mit einer plötzlichen Bewegung befreite er sich von den Zwängen seiner Aufgabe:

...’schuldigung, M’sieur“, sagte er wieder. „Ist nicht gerade lustig. M’sieur...wie war noch der Name?“

„Burma. Nestor Burma.“

Er schlurfte zurück in seine Hundehütte, spielte mit dem Telefon und sagte mir dann, daß und wo M’oiselle Lévyberg mich erwarte. In der vierten Etage. Ich quälte mich *per pedes* hinauf. Denn es gab zwar Lastenaufzüge für die Ware, aber an einen Fahrstuhl für Personen hatte niemand gedacht. Jedenfalls sagte der unsympathische Portier nichts davon. Egal. Ich nahm zwei Stufen auf einmal, schon um mir zu beweisen, daß diese Geschichten vom Altwerden, die mich tags zuvor und eben wieder leicht deprimiert hatten, einem Nestor Burma nicht ernsthaft was anhaben konnten.

* * *

Esther Lévyberg empfing mich in einem Salon, der gut und gerne der Verkaufsraum eines Antiquitätenhändlers hätte sein können. Überall Bilder und wuchtige Möbel aller Stilrichtungen. Bei dieser Art von Möbeln kostet schon jeder Fuß ein Vermögen. Mich persönlich reizt so was nicht. Die Bilder gehörten auch nicht zu denen, die mich in Begeisterung versetzen. Allerdings konnte ich sie nur schlecht sehen. Der Raum – und das machte ihn nicht freundlicher – lag im Halbdunkel, aus ästhetischen Gründen, die leicht zu erraten waren. Esther Lévyberg hatte eine Frisur wie Veronika Lake. Ein Wust schwarzer Haare verdeckte die Gesichtshälfte, die das Feuer entstellt hatte. Wie am Tag zuvor trug sie ein dunkles Kleid, das mehr an einen Sack erinnerte als an die Schöpfung eines berühmten Couturiers. Riesengroßes Mitleid überkam mich, und ich fühlte mich unbehaglich. Ich nahm mir vor, wenig zu reden, aber viel damit zu sagen. Nachdem ich die üblichen Höflichkeitsfloskeln losgeworden war, kam ich sofort zum Kern der Sache. Welche Beweise hatte sie für Morenos Rückkehr? Sie versuchte, um den heißen Brei herumzureden. Das überraschte mich nicht. Erst einmal bat sie mich, Platz zu nehmen auf einer Art Holzbank, die bestimmt wertvoller war als die Korbsessel im Café Flore, aber weniger bequem. Dann läutete sie nach einem Dienstmädchen und ließ Erfrischungen bringen. Sie erlaubte mir freundlicherweise, Pfeife zu rauchen (was ich auch tat), und erkundigte sich nach meinen Gebühren. Ich nannte sie ihr.

„Dann wollen wir erst einmal das regeln", schlug sie vor. Sie sprach wie ein Geschäftsmann, der direkt auf sein Ziel losgeht.

Unter dem Kissen des Sofas, auf dem sie lag, holte sie ein Bündel Geldscheine hervor und reichte sie mir. Da ich zögerte, murmelte sie leise:

„Von Alice haben Sie doch Geld angenommen."

Ich sagte nichts, nahm das Geld. Alice verlassen, um Esther wiederzufinden, in eine Vergangenheit einzutauchen, die die Gegenwart so quälend werden ließ: das war schon eine finanzielle Entschädigung wert. Außerdem würde das die Firma Berglevy nicht ruinieren. Da war ich ganz unbesorgt. Taschentücher zum Beweinen von Verlusten würden sowieso teurer werden. Ich wiederholte meine Frage:

„Welche Beweise haben Sie für Morenos Rückkehr?"

„Keine eigentlichen Beweise...Anzeichen... Doch! Ich habe vor kurzem einen Brief bekommen...einen anonymen Brief..."

Sie fing an, ein gutes Dutzend Schubladen zu durchwühlen, ohne jedoch diesen wichtigen Brief zu finden.

„Hm, hm", brummte sie und setzte sich wieder in ihren dunklen Winkel. „Hm, ich hab mich doch nicht umsonst so aufgeregt...Es schien mir doch so..."

Nervös knetete sie ihre Finger. Wieder erzählte sie mir etwas von untrüglichen Anzeichen, ohne konkreter zu werden. Ich wollte sie beruhigen, bereit, das Geld wieder zurückzugeben; wollte ihr sagen, sie habe nichts von Moreno zu befürchten, der schon seit einer Ewigkeit tot war. Da unterdrückte jemand meine Anwandlungen von Ehrenhaftigkeit und Offenheit. Ich spürte, wie sich in meinem Rücken ein Wandbehang hob. Herein kam eine Person, von der diese warme Herzlichkeit ausging, mit der sich Gefängnistüren schließen. Der Mann trug einen eleganten grauen Anzug. Typ Aufsichtsrat. Untersetzt, kahlköpfig, ein kräftiger Fünfziger. Die jüdischen Merkmale waren bei ihm stark ausgeprägt. Er hatte die gleichen Augen wie Esther, allerdings die blinzelnde

Ausführung. Seine Erscheinung erweckte nicht gerade Sympathie. Ich persönlich hatte ihn noch nie leiden können.

„Entschuldigen Sie", sagte der Hausherr.

Floskel. Er sah mich ohne jede Liebenswürdigkeit an. Ich stand auf.

„Guten Tag, Monsieur", grüßte ich artig, um ihm an Heuchelei nichts schuldig zu bleiben.

Er kniff die Lippen zusammen. Sein Nachtvogelblick wanderte von dem Tablett mit den Erfrischungen zu meiner Gastgeberin.

„Du hast mich rufen lassen?" fragte er.

Esther lachte auf.

„Nein, mein lieber Bruder. Aber das macht nichts ... Bleib!" keifte sie, als ihr Bruder so tat, als wollte er sich zurückziehen.

Sie stand jetzt auf ihren dicken Beinen.

„...Ich wollte Dir sowieso Monsieur vorstellen. Ein alter Freund, den ich wiedergetroffen habe. Ein alter Freund von mir...Monsieur Burma...Monsieur Lévyberg..."

Ich verbeugte mich. Er rührte sich nicht, gab mir nicht mal die Hand.

„...Du müßtest dich an ihn erinnern, René..."

Die letzten Worte zischte sie mehr. Dann fuhr sie fort:

„...Er ist jetzt Privatdetektiv, aber er war damals...er war nur..."

Sie machte eine Pause, vollendete dann den Satz mit einer hübschen Portion Bosheit:

„...der Freund von Georges Moreno."

Der Tuchhändler zuckte zusammen. In ihm stieg Wut hoch. Er wurde blaß, seine jüdischen Gesichtszüge verzerrten sich. Seine schweren Augenlider schlugen noch heftiger:

„Du solltest wissen, daß es für mich nicht angenehmer ist, mich an diesen Moreno zu erinnern als an Hitler!" grollte er dumpf.

„Sie sind sehr nachtragend, Monsieur", bemerkte ich. „Ich meine, was Moreno betrifft."

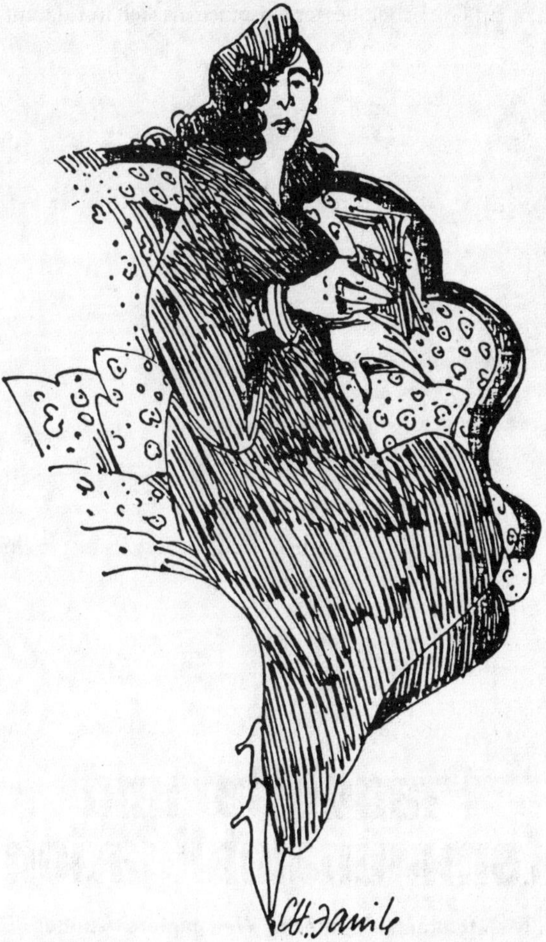

Ein Bündel Banknoten …

...unter dem Sofakissen: Das ist Besitz im Sinne des Wortes, aber nicht der angemessene Umgang mit Geld. Denn schließlich kann man ein Guthaben besser einsetzen als sich nur darauf ausruhen.

Er warf mir einen vernichtenden Blick zu:

„Ja, Monsieur. Auch wenn es Ihnen nicht gefällt!"

„Rachsucht!" lachte Esther. „Eine Familientugend, die wir eifersüchtig pflegen!"

„Ich bin nicht rachsüchtig", sagte ich mit Hintergedanken. „Sehen Sie, Monsieur, zu der Zeit, auf die Ihre Schwester anspielt, als einmal Ihre Faust das Gesicht meines Freundes Moreno nicht finden konnte, wollten Sie Ihre Wut an meinem auslassen..."

„Möglich."

„Bestimmt. Na ja, Monsieur, ich habe diesen Vorfall vergessen. Es kommt mir erst jetzt wieder in den Sinn, wenn ich Sie so vor mir seh. Oh! Sehr undeutlich, seien Sie unbesorgt. Pah! Hopp! Schon wieder vergessen."

„Sie üben sich in der Vergebung der Sünden?" spottete er.

„Nennen Sie es, wie Sie wollen."

„Sie sind ein guter Christ. Bewundernswert, mein lieber Burma", lachte Esther.

Ich lächelte:

„Der Pfarrer meiner Gemeinde ist anderer Ansicht..."

Ich wandte mich Lévyberg zu:

„...Moreno dagegen war nicht immer meiner Ansicht. Er ist ein rachsüchtiger Dickkopf. Und falls er zurückgekommen ist..."

„Was?"

Er fuhr hoch. Trotz der spärlichen Beleuchtung sah ich Panik in seinen blitzenden Augen aufflackern.

„Was soll dieses Geschwätz?" schrie er.

„Er ist zurückgekommen", mischte sich Esther ein. „Ich habe dir nichts gesagt, weil ich ihn noch nicht gesehen habe. Aber ich weiß, daß er da ist. Und Monsieur Burma soll uns beschützen. Darum habe ich ihn angerufen."

Er kam wieder zu sich.

„Das ist ja ganz was Neues", sagte er. „Du nimmst uns jetzt unter deine Fittiche?... Ich brauche keinen Schutz!" fügte er barsch hinzu. „Ich kann mich schon alleine verteidigen. Einmal hab ich ihn schon erledigt. Und ich werde ihn noch einmal erledigen!"

„Er ist ein Dickkopf", wiederholte ich. „Ein Mensch, der ohne Zögern seinen kleinen Finger geopfert hat, um sich die hundert Francs zu beschaffen, die er brauchte, um seine Geliebte zu treffen, solch ein Mensch ist zu allem fähig."

„Was wollen Sie damit sagen?"

„Erzählen Sie ihm die Geschichte, Monsieur Burma", bat mich Esther mit sanfter Stimme, so hinterhältig wie ein seifiger Abhang.

Ich kam ihrer Bitte nach. Es mißfiel mir ganz und gar nicht, diesen René Levyberg ein wenig das Fürchten zu lehren. Er hörte meinem Bericht ohne jede sichtbare Gefühlsregung zu. Als ich fertig war, betrachtete er lange seine rechte Hand, schweigend, wie fasziniert. Er streckte die Finger, spreizte sie, schloß die Hand. Vielleicht bedeutete diese Gymnastik irgendetwas für ihn. Für mich waren das hebräische Dörfer, wenn ich so sagen darf. Dann vergrub er seine Hand in der Hosentasche, so als störte sie ihn.

„Und wohin soll diese Unterhaltung führen?" fragte er gereizt.

„Ins Nichts, fürchte ich", sagte ich seufzend. „Aber wenn man schon eine Zunge hat, soll man sie benutzen, meinen Sie nicht auch?"

Er zuckte die Achseln.

„Meine Zeit ist kostbar", knurrte er.

Und nach diesen bedeutungsstarken Worten aus den „Leitfäden für den erfolgreichen Geschäftsmann" drehte er sich auf dem Absatz um und verschwand ohne jede weitere Höflichkeitsfloskel hinter dem Wandbehang.

„Das war's", sagte Esther.

Sie lachte nicht mehr. Ihre Stimme hatte sich verändert. Tonlos, erschöpft. Sie nahm ihren Kopf in beide Hände und flüsterte:

„Immer diese Szenen ... immer ..."

Ihr ganzer Körper wurde geschüttelt. Sie begann, leise zu

weinen. Ich ging zu ihr, klopfte ihr leicht auf die Schulter und murmelte etwas Beruhigendes. Die Wirkung ließ etwas auf sich warten. Endlich aber wurde sie ruhiger. Sie suchte ein Taschentuch, wischte sich die Tränen ab, schluchzte noch einmal auf, zog die Nase hoch, und dann klagte sie mir ihr Leid: Sie sei mit den Nerven am Ende, all diese Zankereien erschöpften sie und so weiter, das übliche Gejammer. Ich goß ihr etwas Wasser ins Glas, ließ sie trinken. Mir gönnte ich auf den Schreck hin einen anständigen Aperitif. Nach ein paar Sekunden sagte ich:

„Also, Alice. Sie sind jetzt meine Klientin. Was soll ich tun? Ein klein wenig mehr Informationen könnten mir vielleicht weiterhelfen... Wenn Ihnen diese Unterhaltung nicht zu anstrengend ist..."

Sie antwortete nicht sofort. Schließlich sagte sie:

„Ja. Ich bin völlig erledigt. Kommen Sie wieder. Kommen Sie, wann Sie wollen. Ich möchte, daß Sie mich häufig besuchen. Aus Mitleid darüber, was aus Alice geworden ist..."

„Dieser Brief..."

„Ich werde ihn suchen... Ich kann ihn unmöglich verlegt haben... Ich werde ihn schon wiederfinden..."

„Bestimmt", pflichtete ich ihr lebhaft bei.

Sie fing wieder an, ihre Finger zu kneten. Ich hatte keine Lust mehr auf eine zweite Szene.

„... Ich würde gerne wiederkommen, aber ich weiß nicht, ob ihr Bruder... äh..."

Sie lächelte traurig:

„Wir haben nicht mehr 1930", sagte sie.

Sie strich sich über die Haare, dort, wo die schwarze Pracht die Narben der Verbrennungen verbarg.

„Mit dem Alter hab ich mir das Recht erworben, meinen Umgang selbst auszusuchen. Haben Sie Angst?"

„Vor Ihrem Bruder?"

„Ja."

„Hören Sie mal..."

„Sie kommen also wieder? Bestimmt?"

„Bestimmt."

„Kommen Sie bald. Ich frage mich manchmal, wie lange ich noch zu leben habe. Mein Herz ist krank..." Ihre Stimme wurde theatralisch. „Spüren Sie, wie es schlägt...so stark...so stark..."

Sie ergriff meine Hand und hielt sie auf ihre linke Brust. Der klassische Trick. Verlegen zog ich meine Hand zurück, die sich das offenbar von ihr erwartete Abtasten verkniffen hatte.

Esther brachte mich hinaus. Durch die offene Tür einer Bibliothek sah ich einen Mann, der die Bücher in den Regalen begutachtete. Als er unsere Schritte hörte, drehte er sich um.

„Guten Tag, Mademoiselle", sagte er höflich.

„Guten Tag, Monsieur Bonfils", erwiderte sie. „Ich wußte nicht, daß Sie im Haus sind."

„Monsieur Lévyberg hat mich zu sich gebeten."

„Ich darf Ihnen Monsieur Bonfils vorstellen, mein lieber Burma", sagte Esther. „Ein Freund meines Bruders. Sie haben sich in einem dieser Lager kennengelernt. Aber er ist auch mein Freund."

„Jedermann ist Ihr Freund, Mademoiselle", sagte der Mann galant.

Ein elegant gekleideter Herr in den besten Jahren, dunkelhaarig, gute Figur; seine leuchtenden Augen in dem gebräunten Gesicht sahen mich offen an. An einem Ohr trug er ein perlmutternes Hörgerät, dessen Kabel hinter einem seidenen Ziertüchlein verschwand.

„Monsieur Burma?" rief er und reichte mir die Hand. „Ich glaube, ich habe schon von Ihnen gehört."

„Und ich", lächelte ich zurück, „frage mich, ob ich Sie nicht schon irgendwo gesehen habe."

Sein Blick schien sich ein wenig zu verdüstern. Auch in seiner Stimme lag eine Spur von Verärgerung.

„Das sollte mich wundern. Wir bewegen uns nicht ganz in derselben Welt."

„Aber haben uns doch hier getroffen."

„Das stimmt“, gab er lächelnd zu.

Danach wechselten wir noch einige bewährte Banalitäten und verabschiedeten uns. Esther ging mit mir eine Etage hinunter und überließ mich dann meinem Schicksal. Auf dem Weg waren wir einem Angestellten begegnet, der uns spöttisch angesehen hatte.

Draußen auf der Rue des Jeûneurs mischte ich mich unter die Menge, die aus ihren Büros und Fabriken strömte, um in der Mittagspause eine Kleinigkeit zu sich zu nehmen. An der Rue Montmartre warf ich noch einmal einen letzten Blick auf die fünf Etagen der Firma Berglevy. Ein düsteres, trostloses Haus, das nach Appretur, neuem Tuch und Staub roch. Ein Haus, in das ich vielleicht nie mehr zurückkommen würde, so sehr es sich Esther auch wünschte. Von wegen Sex-Appeal! Warum, abgesehen davon, legte sie so viel Wert auf meinen Besuch? Höchstwahrscheinlich weil meine Anwesenheit ihren Bruder ärgerte und sie ihm Unannehmlichkeiten bereiten wollte, systematisch, mit allen Mitteln. Vielleicht fiel dabei was für Nestor Burma ab; aber zur Zeit sah ich nicht klar genug, was das sein konnte.

Während ich so überlegte, sah ich Monsieur Bonfils direkt auf mich zukommen, so als wollte er mit mir reden. Und tatsächlich, er sprach mich an, halb vertraulich, halb verlegen:

„Ich glaube, wir sind uns tatsächlich schon mal begegnet, Monsieur Burma, und... ich... äh...“

„In der Rue Saint-Denis, hinter einem Wagen. Bei einer Art Treibjagd.“

„Ich dachte nicht, daß ich so auffällig bin. Wohl wegen dieses Geräts...“

Er tippte an die Schnur seines Hörgeräts.

„...Ich hab Sie natürlich sofort erkannt...obwohl Sie heute keinen Revolver in der Hand haben. Verstehen Sie, Sie hatten meine Neugier geweckt...“

„Und Sie haben mir eine schöne Geschichte eingebrockt. Was haben Sie sich denn dabei gedacht, mich bei den Flics zu verpfeifen? Die haben mich gleich mitgenommen.“

„Das war ich nicht", widersprach er. „Denunzieren, so was tu ich nicht. Ich war bestimmt nicht der einzige, der Sie bemerkt hatte..."

„Reden wir nicht mehr drüber. Es hatte auch keine schwerwiegenden Folgen."

„Gott sei Dank. Ich hoffe, daß es auch für mich keine haben wird. Schwerwiegend ist vielleicht ein großes Wort, aber schließlich... Na ja. Kann ich offen mit Ihnen reden? Ich lege auf die Freundschaft mit Lévyberg großen Wert. Sie ist einträglich für mich. Wir lernten uns in einem dieser Konzentrationslager kennen. Aber René wird von altmodischen Vorurteilen beherrscht. Hat nur seine Geschäfte im Kopf und deshalb panische Angst vor einem Skandal. Wenn er erfährt, daß ich mich in verrufenen Gegenden herumtreibe... Großer Gott! Der Mann ist aus Holz. Ich nicht. Und ich bin nicht seine Schwester."

„Was hat seine Schwester damit zu tun?"

„Äh... nichts. Nichts."

Ich ließ nicht locker. Schließlich mußte er zugeben, natürlich sehr vorsichtig und ungenau ausgedrückt, daß sie Nymphomanin war, dazu eine notorische Lügnerin. Damit sagte er mir nichts Neues.

„Mit anderen Worten, ihre Sinne sind wach, nur der für die Wahrheit nicht."

„Ganz genau", lachte er. „Sehr amüsant, was Sie da sagen. Werd ich mir merken. Gut. Sie ist ein nettes Mädchen, wohlgemerkt, aber... Ihre Eskapaden sind viel gefährlicher für den guten Ruf von Lévyberg als meine. Aber sie ist seine Schwester. Gegen sie kann er nichts unternehmen, ohne selbst einen Skandal hervorzurufen. Bei mir dagegen... Nun ja, mir wäre es lieber, wenn er nicht erführe, daß..."

„Ich habe keine Veranlassung, mit ihm über Ihre Abenteuer zu reden... genausowenig wie mit seiner Schwester."

Diesen letzten Teil des Satzes betonte ich besonders. Vielleicht schlief er mit ihr. Er ließ sich aber nichts anmerken.

„Um so besser", sagte er. „Danke."

Wir verabschiedeten uns. Ich ging in Richtung *France-Soir* mit seinem Terrassencafé. In der Rue Réaumur blieb ich vor den Schaukästen des *Parisien libéré* stehen und sah mir Fotos an. Auf einem war die Concierge zu sehen, die vor kurzem einen goldenen Besen als liebenswürdigste Concierge von Paris bekommen hatte. Ich bewunderte gerade ihr hübsches Gesicht, als hinter mir erst Bremsen quietschten und dann jemand eins von diesen Wörtern brüllte, weswegen er woanders disqualifiziert worden wär. Ich drehte mich um. Ein Durchschnittsbürger, rot vor Zorn, erklärte einem Autofahrer, was er von seinen Fahrkünsten hielt. Der Autofahrer fuhr einen Plymouth. Beinahe hätte er den Fußgänger über den Haufen gefahren. Der Autofahrer schien nervös, antwortete jedoch nicht auf die Beschimpfungen. Monsieur Lévyberg war von Natur aus kein großer Redner. Er hatte schon bei mir seinen Vorrat an Antworten erschöpft. Von allen Seiten hupte es, und der Fußgänger, der mit dem Schrecken davongekommen war, ließ von ihm ab. René Lévyberg fuhr weiter.

In dem Gebäude, das Léon Bailby für den *Intran* bauen ließ, dort, wo sich früher die *Cour des Miracles* befunden hatte, sind heute neben anderen Redaktionen und Druckereien die von *France-Soir, Franc-Tireur* und *Crépuscule.* Kurz vorher sah ich das Auto meines Millionärs wieder. Es parkte längs der kleinen Grünanlage. Ich trat in die Halle des Pressehauses. Lévyberg verließ gerade das Annahmebüro für Kleinanzeigen. Sah aus, als verfolgten wir uns. Ohne mir die geringste Aufmerksamkeit zu schenken, trat er auf die Straße hinaus. Ich dagegen ging zum *Crépu* hoch in der Hoffnung, daß mich mein berühmter Freund, der Journalist Marc Covet, zum Mittagessen einladen würde. Aber der gehört zu den Leuten, die so was von weitem riechen. War gerade wegen einer Reportage in einem trostlosen Vorort. Ich fuhr mit dem Aufzug in die siebte Etage. Dort in der Bar bestellte ich mir einen Aperitif, setzte mich auf die sonnenbeschienene Terrasse und beherrschte Paris. Seit 1944 sind 'ne Menge Rastignacs hierher gekommen, um zu träumen. Wie ich jetzt. Kostete auch nicht mehr.

Moreno war in Spanien gestorben. Ich hatte zwar seine Leiche nicht gesehen, aber seine Erschießung durch die Franquisten war mir kurz nach der Veröffentlichung des Nachrufs im *Libertaire* von einem glaubwürdigen Freund bestätigt worden. Lévyberg schien das nicht zu wissen. Esther auch nicht. Oder sie wußte es vielleicht doch. Das blieb sich gleich. Moreno konnte nicht zurückkommen. Das widersprach seinen materialistischen Überzeugungen. Der anonyme Brief existierte – oder auch nicht. Wenn ja, war es vielleicht das Werk eines Spaßvogels, der über die Jugendsünde der Jüdin im Bilde war. Wenn es den Brief aber gar nicht gab, war das nur ein Vorwand, um die Verbindung zu mir wieder aufzunehmen und mich bei sich einzuführen, in ihre Familie. Ich machte ein paar hübsche Fragezeichen, die sich im Nu vermehrten. Ich gab's auf, bevor ich Kopfschmerzen bekam.

Aber wie immer wurde ich von dieser verdammten Schwäche getrieben, mich um Dinge zu kümmern, die mich nichts angehen. Wäre es nicht interessant, sich das Haus Lévyberg mal aus der Nähe anzusehen? Und zwar ohne Esthers Wissen, sozusagen Offenheit gegen Offenheit! Sie sollte was für ihr Geld bekommen. Schade, daß bei Lévyberg keine Leute eingestellt wurden. Irgendwie hätte ich jemand dort eingeschleust. Aber es wurde eben niemand eingestellt, und... Ach, das war ja komisch: es wurde niemand eingestellt, aber Lévyberg setzte Kleinanzeigen in die Zeitung. Außerdem bemühte er sich noch persönlich hierher, um den Text abzuliefern! Komisch, komisch.

Ich leerte mein Gläschen und fuhr wieder hinunter in die Redaktion des *Crépuscule.* Hier kennt man mich. Covet war zwar nicht da, aber ich schnappte mir einen seiner Kollegen. Ob er wohl bei den Kleinanzeigen einen kenne, der es mit dem Berufsgeheimnis nicht so genau nahm und mir ein paar Fragen beantworten konnte? Covets Kollege nahm mir meine Frage zwar nicht übel, konnte mir aber nicht weiterhelfen. Ich machte noch ein paar weitere Versuche, ohne Erfolg. Bevor ich was essen ging, kriegte ich wenigstens noch raus, wann die

Kleinanzeigen erscheinen, die gegen Mittag aufgegeben werden. So mancher Detektiv muß sich mit weniger zufriedengeben.

Ich aß allein und ging dann in die Agentur Fiat Lux. Dort quatschte ich mit Hélène, bis es vier Uhr war. Um vier holte meine Sekretärin die Ausgaben von *France-Soir, Paris-Presse* und *Crépu*. Ich vertiefte mich in ihre Lektüre. Fehlanzeige. Keine Reklame für Lévyberg-Waren. Überhaupt wendet man sich für solche Großanzeigen nicht an die Anzeigenannahme. Ich schaute trotzdem nach. Jetzt die eigentlichen Kleinanzeigen. Vier Seiten in dem einen, drei Seiten in dem andern und wieder drei Seiten in dem dritten Käseblatt. Stellenangebote, Stellengesuche, Verkäufe, Vermietungen, Verschiedenes. Keinmal der Name Lévyberg. Nicht einmal Lévy oder so. Und auch kein Berglevy. Er hatte seine Finger offensichtlich in vielen Geschäften. Außer seiner Tuchfabrik kannte ich jetzt schon ein Transportunternehmen. Bestimmt hatte er noch eine Büstenhalterfabrik oder sonstwas. Es hätte mich aber überrascht, wenn sein Name nicht irgendwie im Firmennamen auftauchte. Er schien ziemlich von sich überzeugt zu sein. Jetzt handelte es sich aber vielleicht um etwas streng Geheimes. Also, etwas für Nestor! Manchmal kombiniere ich ausgezeichnet, aber man muß mir schon dabei helfen. Ich nahm mir nochmal die Zeitungen vor und verdarb mir weiter die Augen. Wieder nix! Ich begann mir einzureden, daß ich das Opfer eines Kombinationswahns war, daß die Nervosität von René Lévyberg am Steuer seines Wagens keine besondere Bedeutung hatte und daß ich ihn im Pressegebäude nur deshalb gesehen hatte, weil er einer Angestellten aus der Anzeigenannahme nachstellte. Da kam mir die Idee, die Spalte *Verschiedenes* genauer zu untersuchen. Viel gab es da nicht. Im *Crépu* sprang mir folgende Anzeige ins Auge:

Léa, Etienne, Viviane und Yvette. Gute Nachrichten von Marceau.

Zwar kein Lévyberg, aber wenigstens ein Lévy steckte da drin: Léa. Etienne. Viviane. Yvette. L.E.V.Y. Vielleicht nur eine Fata Morgana. Vielleicht aber auch eine Spur. Es kam auf einen Versuch an.

Ich schnappte mir das Telefonbuch, suchte Lévybergs Nummer raus und wählte sie. Dann legte ich ein Taschentuch über die Muschel.

„Hallo!" sagte die neutrale Stimme einer weiblichen Telefonvermittlung.

„Monsieur Lévyberg, bitte", sagte ich mit südfranzösischem Akzent.

„Wer spricht dort?"

„Marceau."

„Und weiter?"

„Marceau Marceau. Vor- und Familienname."

„Soll das ein Witz sein...?"

„Monsieur Lévyberg, bitte", sagte ich jetzt schroff.

Ein leises Knacken, dann drang die Stimme von René Lévyberg an mein Ohr:

„Hallo!"

„Hier Marceau."

„Ja."

Er schien nicht überrascht. Nur seine Stimme verriet Unruhe.

„Will Sie sehen."

„Ja."

Dadurch erfuhr ich nichts. Nur daß ich mit der Anzeige ins Schwarze getroffen hatte. Aber ich bestritt den größten Teil der Unterhaltung, nicht er. Umgekehrt wär's mir lieber gewesen.

„Will Sie sehen", sagte ich noch mal.

„Haben Sie das..."

Er stockte. Sicher sollte ich den Satz beenden. Dazu war ich aber leider genausowenig in der Lage, wie die Wände hochzugehen.

„Hab ich", sagte ich.

„Wo?"

Sollte ich jetzt sagen, wo ich ihn treffen wollte? Ich nahm's einfach mal an und suchte meine bistrokratischen Kenntnisse zusammen:

„Heute abend. Neun Uhr. Im Bistro Ecke Beauregard und Rue Thorel. O.K.?"

Sehr fügsam, dieser René Lévyberg. Nur ein leiser Seufzer.

„In Ordnung..."

Plötzlich stutzte er, so als wittere er eine Falle:

„...Heute abend? Etwas schnell. Ich hab kein..."

Er ließ den Satz in der Schwebe. Ich ließ ihn schweben.

„Heute abend", wiederholte ich in dem Ton desjenigen, der es gewohnt ist, daß man ihm gehorcht.

„Aber ich hab Sie noch nie gesehen und..."

Darauf war ich nicht gefaßt gewesen.

„Brille", sagte ich. *„Mystère-Magazine* in der Hand. Coca-Cola auf dem Tisch."

„Mystère-Magazine!" rief er und lachte wie eine verrostete Gießkanne.

Ich sagte nichts mehr. Wartete ab. Er legte auf. Ich auch. Ich hatte was an der Angel.

3

Gute Nachrichten, gute Adressen

Meine Uhr zeigte zwanzig nach zehn. Ich wartete alleine in meinem Büro und rauchte.

Seit neunzig Minuten saßen Hélène und Reboul, mein einarmiger Angestellter, der trotzdem gut zupacken konnte, in einer verschwiegenen Ecke des Bistros in der Rue Beauregard und spielten das Bilderbuch-Liebespaar. Ich hatte ihnen eine genaue Beschreibung von René Lévyberg gegeben, dazu drei Empfehlungen: nicht *Mystère-Magazine* lesen, keine Coca-Cola trinken und, falls sie Spaß daran hätten, einen falschen Schnurrbart oder künstliche Busen tragen, aber keine Brille. Außerdem hatte ich ihnen Verhaltensmaßregeln gegenüber Lévyberg gegeben. Wenn ich mich schon einmischte, dann mußte ich auch wissen, worum's ging.

Das Telefon auf meinem Schreibtisch klingelte. Ich nahm ab.

„Hier Reboul."

„Lévyberg?"

„Kein Lévyberg. Dafür eine Art Polyp. Hat sich sehr dafür interessiert, was die Leute hier trinken und lesen. Ist grade abgehauen."

„Ein Polyp?"

„Wenn das keiner war, dann hat er das verdammt gut gespielt. Ist mir sofort aufgefallen, schon als er reinkam. Regenmantel. Schlapphut, unauffälliger Rundblick... Na ja, das wandelnde Klischee!"

„Einer von unseren Bekannten?"

„Jedenfalls keiner von meinen."

„Um so besser, einerseits. Weiter."

„Hat sich hingesetzt und alle flüchtig beobachtet, vor allem ab neun Uhr die reinkommenden Brillenträger. Zwei. Zum Glück las keiner *Mystère-Magazine*. Vor fünf Minuten merkte er, daß er umsonst hier rumsaß. Er holte sich an der

Theke eine Telefonmarke und ging runter zum Telefonieren. Ich hinterher. Hab mich in die Nähe der Telefonzelle gestellt. Konnte alles hören, ohne daß er mich sah. Die Nummer, die er wählte, war wohl zentral…"

Er gab mir zwei Zahlenkombinationen. Ziemlich ähnliche. Ich notierte beide.

„…Können Sie was damit anfangen?"

„Nein."

„Gut. Er hat also seine Verbindung und sagt, ohne sich zu melden oder sonstwas: ‚Keiner da. Was soll ich machen?' Der andere spricht, dann er wieder: ‚Nichts.' Er hört wieder zu, dann er: ‚Gut, ich komme.' Das ist alles. Er ging wieder hoch. Ich wartete 'ne Weile, aus Vorsicht. Als ich wieder zurückkam, war er schon weg. Na ja…äh…das Beste wär geweseen, ihm hinterherzugehen, aber schließlich haben wir eine Telefonnummer, nicht wahr?…Besser als nichts, oder?"

„Besser als nichts, stimmt. Wie sieht der Mann aus?"

„Im großen und ganzen wie ein Polyp, vielleicht pensioniert – alt genug dafür scheint er zu sein –, der auf Privatdetektiv macht. Richtige Inspektoren treten im Dienst immer zu zweit auf, nicht wahr? Im einzelnen: ziemlich groß, etwas gebeugt, das Gesicht schlaff und faltig wie einer, der abgenommen hat. Der hier war aber wohl schon immer mager. Graumelierter Schnurrbart, wie 'ne Zahnbürste. Ebensolche Augen. Die Farbe, mein ich. Davon abgesehen: Durchschnittsstirn, Durchschnittsnase, Durchschnittskinn. Nichts Hervorstechendes, nichts Bemerkenswertes. Graue Gesichtsfarbe."

Ich kramte in den Tiefen meiner Erinnerung, ob sich ein früherer Bekannter auf diese Beschreibung hin meldete. Es meldete sich niemand.

„Ich nicht kennen", sagte ich.

„Und jetzt", schloß Reboul, „frage ich genauso wie der Polyp: Was soll ich machen?"

„Hélène und Sie können schlafengehen. Getrennt."

Ich legte auf.

Zentral...Glück gehabt, es war nicht die Nummer von Lévyberg. Sonst hätten wir uns im Kreis gedreht.

Ich setzte großes Vertrauen in die Fähigkeiten meines Angestellten, seine Ohren zu gebrauchen. Wäre nicht das erste Mal, daß er sie erfolgreich eingesetzt hätte. Im Krieg hatte er außer seinem Arm beinahe noch sein Augenlicht verloren. Acht Monate in völliger Dunkelheit hatten ihm die Ohren enorm gespitzt.

Ich rief Lefebvre an, ein ziemlich hohes Tier bei der Post, dem ich mal zufällig einen Gefallen getan hatte.

„Hallo! Paris-Zentral...so und so. Ich hätte gerne die entsprechenden Adressen dieser Telefonteilnehmer", sagte ich.

„Eilig?"

„Wie alles, was ein Detektiv wissen will."

„Werd sehen, was ich tun kann. Soll ich zurückrufen?"

„Bitte. Ich bleib in meinem Büro."

„Sie arbeiten noch so spät?"

„Ja."

Als er zurückrief, zitterte seine Stimme, so sehr mußte er lachen.

„Kleiner Witzbold, hm?" begann er.

„Wie kommen Sie darauf?"

„Och! Nur so...Hier die Informationen...Erste Nummer: Madame Charbonnel, Witwe, Rentnerin, Boulevard Bonne-Nouvelle. Glaub kaum, daß Sie das interessiert. Jedenfalls ist die andere Nummer pikanter. Wie's der Zufall will ...äh...Kurz, Rue de la Lune. Eine Buchhandlung. Ganz einfach. Kriminalromane, Reisebeschreibungen, Memoiren von Politikern. Vor dem Krieg hieß es *Les Heures Claires.* War auch 'ne Buchhandlung, allerdings eine ganz besondere. Inhaberin war Mademoiselle Lucette. Möglicherweise ist sie das immer noch. Oben haben sie sehr bequeme Betten."

„Ein Puff?"

„Jawohl, alter Freund. Paßt Ihnen das nicht?"

„Sie scheinen das Etablissement zu kennen."

„Und das paßt Ihnen auch nicht?"

„Doch, doch. Sie sind Junggeselle und kriegen ein gutes Gehalt."

Er prustete los:

„Vor allen Dingen krieg ich ein gutes Gehalt. Ich weiß nicht, was ein Junggeselle..."

„Sehr richtig. Wie stellt man sich dort vor?"

„Mit Robert. An der Tür links neben dem Laden dreimal kurz klingeln. Erster Stock."

„Danke."

„Keine Ursache. Viel Spaß."

* * *

Ich hoffte, daß die Mädchen in dem Laden weniger häßlich waren als der komische Vogel, der mir die Tür öffnete. Diese Rausschmeißer haben immer so einen ausgelatschten Gang und einen trägen Blick.

„Robert", sagte ich.

Er räusperte sich und musterte mich von oben bis unten. Dann sagte er mit affiger Stimme:

„Robert war letzten Monat dran."

„Ich hab den Tip von einem, der so langsam alt wird", lächelte ich. „Wenn der dreimal im Jahr herkommt, dann ist das schon viel."

„Kommen Sie", sagte der Bursche.

Die Anweisungen lauteten wohl, niemand daran zu hindern, Erfahrungen zu sammeln. Mit wiegenden Hüften ging er voran und führte mich in eine Art Salon. Dort erwartete mich die Puffmutter, eine Bohnenstange mit faltigem Hals, die Marthe Richard entfernt ähnlich sah. Ganz Madame. Ihr strenges Kleid ließ keinen Fingerbreit Fleisch sehen. Liebenswürdig hieß sie mich willkommen und erkundigte sich nach meinen Wünschen. Es konnte auch was Ausgefallenes sein. Dann drückte sie auf einen unsichtbaren Knopf, worauf fünf überreichlich parfümierte Miezen ins Zimmer tänzelten. Die ganze Palette: Blond, brünett, rötlich, platinblond, dazu, für die imperialistischen Gelüste der Kundschaft, die obligatorische Farbige. Wenn ich meine perversen Neigungen mal beiseite ließ, wär's mir am liebsten gewesen, man hätte mir den Sherlock Holmes gebracht, der die Ergebnisse seiner Mission an diesen seltsamen Ort weitergegeben hatte. Meine Wahl fiel auf die Kleine mit den rötlichen Haaren. Marion. Sie trug ein malvenfarbenes Seidenkleid, vorne dekolletiert bis zum Bauchnabel, hinten offen bis etwas unterhalb der Taille, an der Seite geschlitzt. Ihre Beine steckten in Nylonstrümpfen Nr. 15 und balancierten auf hohen, spitzen Absätzen. Sie versprachen gepflegte Gastlichkeit. Marion war jung und hübsch, schien aber nicht gerade das Schießpulver erfunden zu haben. Bestimmt konnte sie mich mehr als glücklich machen.

Wir verzogen uns ins sogenannte Japanische Zimmer, zusammen mit einer Flasche. Ob sie tatsächlich Champagner enthielt, mußte sich erst noch zeigen.

Nach einer Weile spielte ich den Vergeßlichen und erinnerte mich plötzlich daran, daß ich dringend anrufen mußte. Ich fragte Marion nach einem Telefon.

„Im Laden steht eins", erklärte mir das Mädchen. „Aber das benutzt nur die Chefin. Wir dürfen nicht telefonieren, die Kunden auch nicht."

„Auch nicht für Geld?"

Sie lachte:

„Sie kommen nicht hierher, um zu telefonieren. Hier ist kein Postamt."

„Stimmt", sagte ich resigniert. „Ich will dir wohl glauben, daß das hier kein Postamt ist. Schon eher eine Finanzkasse. Du gefällst mir, Marion. Sogar sehr. Wenn das nicht so ins Geld gehen würde, würd ich dich öfter besuchen. Aber das haut einen ja um, ich bin mein Geld schon fast los... Hier kommen sicher stinkreiche Kerle hin, hm? In diesem Geschäftsviertel... Die Juden sollen ganz scharf drauf sein..."

Das konnte ich ruhig sagen, ohne zuviel Neugier zu verraten.

„Juden oder Nicht-Juden", sagte Marion. „Die einen bezahlen, ohne hinzusehen, die andern sehen hin."

„Ich gehör mehr zu denen, die hinsehen", lachte ich. „Sag mal, könnten wir zwei uns nicht irgendwie einigen? Es kotzt mich an, wenn ich mir überlege, daß du von meinem Geld nur 'n kleinen Teil kassierst. Wohnst du hier?"

„Nein. Warum?"

„Na ja, ich dachte da so an Heimarbeit... Würd sich doch lohnen für dich, oder?"

Sie bewegte das Angebot in ihrem hübschen Köpfchen. Um ihr das Nachdenken zu erleichtern, streichelte ich ihre Brust.

„Kriegst trotzdem nichts umsonst, Süßer, klar?"

„Ich will auch nichts umsonst, Marion. Aber es ärgert mich, diese Ausbeuter zu mästen. Und ihren Mist zu saufen."

„Gut. Hast du was zu schreiben?"

Ich gab ihr einen Stift und einen Zettel. Sie schrieb eine Telefonnummer auf. „Ein Bistro in der Rue du Ponceau. Ruf mich nachmittags gegen zwei an, wenn du Lust hast. Wir machen dann was aus. Hast du auch 'n Namen?"

„Martin... Danke, du bist lieb", sagte ich und steckte Zettel und Stift wieder ein. „Wir zwei sind dann in Zukunft so was Ähnliches wie Mann und Frau."

Wir lachten. Hier wurde sie ja doch von Madame und dem Führungsstab überwacht, wenn auch nichts davon zu merken war. Bei ihr oder sonstwo würde es für mich unendlich viel einfacher sein, ihr die Würmer aus der Nase zu ziehen... falls es da was zu ziehen gab. Ein Versuch konnte jedenfalls nicht schaden. Sollte nichts dabei rauskommen, so würde ich meine Zeit auf angenehme Art und Weise verbringen. In meinem Beruf kommt das sehr selten vor.

„Und jetzt hau ich ab", sagte ich.

Marion drückte auf einen Klingelknopf. Die Tür öffnete sich leise, und herein kam der Kerl mit dem Ohrfeigengesicht.

„Einen Moment, bitte, Monsieur", bat er mich. „Wir müssen durch einen Salon, in dem gerade Kunden sitzen, die nicht gesehen werden möchten. Es wird nicht lange dauern."

Von nebenan hörte man tatsächlich das gedämpfte Stimmengewirr einer lebhaften Unterhaltung.

„Hitzige Leute, könnte man meinen, hm?“ bemerkte ich.

„Großprotze. Kommen wegen der Folterkammer“, seufzte der Haremswächter. Klang ganz so, als wäre er gern das Geißeltierchen.

„Haben Sie gerade an einer Sitzung teilgenommen?“ fragte ich ihn und zeigte auf den braunen Fleck an seiner weißen Manschette, so groß wie ein Zwanzigfrancstück. Er blickte hin und kam stirnrunzelnd ins Grübeln. Ein Fleck von einem ganz besonderen Braun. Normalerweise ist so was Blut. Der Kerl hüstelte nervös, lachte dann gekünstelt und erklärte:

„Ach, das kommt vom ‚Tomatensaft'. Sie können sich ja vorstellen, daß die nicht bis aufs Blut gepeitscht werden. Wir haben da einen roten Saft, der sieht genauso aus...“

Er horchte. Irgendwo in diesem Saftladen klingelte es.

„...Aha...Ich glaub, Sie können jetzt gehen, M'sieur. Guten Abend, M'sieur.“

Ich stand wieder auf der Rue de la Lune. Die Straße des Mondes lag verlassen da, kein Mensch, keine Katze, nicht mal der Mond. Der Lärm der Boulevards wurde von dem abschüssigen Pflaster verschluckt. Ein mächtiger Schatten vor dem dunklen Nachthimmel: Notre-Dame-de-Bonne-Nouvelle erhob sich schützend, gleich neben der Spezial-Buchhandlung. Marions Parfüm auf meinen Lippen bekam einen sündigen Beigeschmack. Ich ging hinunter zu dem Laden mit den berühmten *brioches,* der jetzt natürlich geschlossen hatte. Dann kehrte ich wieder um und postierte mich in einer Ecke gegenüber dem Liebesnest. Ich wußte nicht, auf was oder auf wen ich wartete. Nach einer Weile kam ein Mann heraus und ging pfeifend fort. Ein zufriedener Kunde. Kurz darauf blieb ein anderer vor der Tür stehen, die sich wie durch ein Wunder öffnete. Der neue Kunde hatte einen Koffer bei sich. Ein Transvestit, der seine erotischen Accessoires mitbrachte. Davon gibt es mehr, als man glaubt. Die Zeit verstrich. Vom Kirchturm schlug es halb eins. Ich stand mir weiter die Beine in den Bauch. Da kam ein Auto die abschüssige Straße hoch, hielt vor der Bücherei. Die Scheinwerfer waren ausgeschaltet, das Nummernschild nicht beleuchtet. Niemand stieg aus. Drei Männer stürzten aus dem Puff in den Wagen, der sofort losfuhr, blind, stumm. Mir schien, einer der Männer war etwas blaß in den Kniekehlen. Die gestiefelten Damen in der Folterkammer hatten die Peitsche wohl ganz schön kräftig geschwungen. Kann schon mal vorkommen. Ich gähnte. Nichts für Nestor. Jedenfalls nicht auf den ersten Blick. Er konnte also genausogut schlafen gehen. Pfeiferauchend und grübelnd ging ich zu Fuß in Richtung Büro. Dort legte ich mich aufs Sofa. Bevor ich einschlief, kombinierte ich noch ein wenig.

Lévyberg war das Opfer eines Erpressungsversuchs. Alles deutete darauf hin. Und Esther erwartete sicher von mir – auch wenn sie es mir nicht eingestehen wollte –, daß ich rauskriegte, weswegen er erpreßt wurde. Dann hatte sie ihn in der Hand. Ein sehr harmonisches Familienleben! Die Fäuste waren schon geballt und warteten nur darauf, in den Zähnen des andern zu landen. *Léa, Etienne, Viviane und Yvette. Gute Nachrichten von Marceau.* Der klassische Satz verkündete in aller Unschuld die Kapitulation. *L.E.V.Y.* ... Lévy ...

Ich dämmerte hinüber, kombinierte aber weiter. Nehme ich wenigstens an. Ein paar Stunden später nämlich wachte ich plötzlich auf, als hätte ich eine Erleuchtung gehabt.

Wenn *L.E.V.Y.* eine Bedeutung hatte, dann stand *Gute Nachrichten* auch nicht umsonst da. Es handelte sich aber weder um die Kirche noch um den Boulevard. Um mehrere Ecken kam mir Lemeunier in den Sinn, einer der originellsten Halunken. Allgemein bekannter Erpresser, fast völliger Analphabet. Konnte kaum seinen Namen schreiben und nur stokkend lesen. Ließ sein Revolverblatt von abgebrannten Journalisten oder armen Poeten schreiben. Ansonsten nicht ohne Humor. Hatte seine Zeitung *La Bonne Nouvelle,* die Gute Nachricht, genannt. Wenn ich wissen wollte, weswegen der reiche René Lévyberg erpreßt werden sollte, dann war die Tür zum Büro des großen Lemeunier zweifellos die richtige.

4

Falsche Töne

Das Büro befand sich nur einen Katzensprung von der Börse entfernt in der Rue Feydeau, in einem abbruchreifen, von Holzbalken dauerhaft abgestützten Gebäude. Hier in der fünften Etage bewohnte Lemeunier sein Reich: „Sprechzimmer", Zeitungsredaktion, Privatwohnung, alles in einem. Von seinem Fenster aus konnte er den Säulentempel sehen, den Ort seines Wirkens. Die *Opéra Comique* im Nordwesten inspirierte wohl seine „Kunden" bei ihren Geschäften. Ich kannte den komischen Vogel Lemeunier und sein Reich. Hatte ihm schon einmal erfolgreich Angst eingejagt. Heute hatte ich dasselbe vor.

Es war gerade erst acht Uhr. Auf nüchternen Magen würde er besser zu bearbeiten sein. In dieser Herrgottsfrühe sah das Gebäude in der ruhigen, friedlichen Straße gottverlassen aus. Geschäftsräume für eher kümmerliche Firmen. Auf der breiten Treppe begegneten mir nur zwei Putzfrauen. Die unebenen Stufen ächzten unter meinen Füßen. In der fünften Etage herrschte absolute Stille. Der Krach der Rue de Richelieu und der Rue Saint-Marc, die man nicht gerade einsam nennen kann, drang nicht bis hierhin. Auf dem Schild an einer Tür las ich: *La Bonne Nouvelle, Zeitschrift für Börsennachrichten.* Ich ging vorbei und läutete an der Tür am anderen Ende des Flures: die Privatwohnung des publizierenden Gauners. Nichts. Im Treppenhaus kämpfte eine der Putzfrauen lärmend mit ihrem Eimer. Ich läutete noch einmal. Immer noch nichts. Ich spürte eine sanfte Berührung an meinem Bein. Ein getigerter Kater sah mich mit seinem einen Auge an und miaute freundlich. Einer von diesen Dachhasen, die ein Hundeleben führen. Ich zeigte auf die stumme Tür.

„Ist er in der Stadt, Angebote machen?"

Der Tiger wußte es nicht. Strich auf dem Treppenabsatz herum und miaute. Seine Pfoten hinterließen kleine feuchte

Abdrücke. War wohl einer Putzfrau in die Quere gekommen. Jetzt ging er zu der anderen Tür und stieß mit der Schnauze daran. Die Tür öffnete sich lautlos, und das Tier strich durch den Spalt. Ich folgte ihm in einen dunklen Korridor. Eine weitere Tür, die nur angelehnt war. Der Kater spuckte und machte einen Satz zurück. Das Fell sträubte sich. Der Schwanz wurde steif und buschig wie eine Klobürste. Dann raste er raus, wobei er noch gegen meine Beine rannte.

Ich ging ins Büro. Durch die Spalten der geschlossenen Fensterläden kam etwas Licht. Man konnte ganz gut sehen. Ich schloß die gepolsterte Tür hinter mir. Das Polster war zwar schon etwas locker, ließ aber keinen Laut nach außen dringen. Wirksam schalldicht gemacht mit allen verfügbaren Mitteln. Hier drin konnte man mit den Zähnen knirschen, drohen und weinen. Nichts sickerte durch, nur der Schweiß von Lemeuniers Opfer. Und obwohl man sich unter diesen Umständen keine Hitzewelle wünschte, hätte sie den fetten Erpresser auch nicht mehr schwitzen lassen. Man hatte ihn kaltgemacht.

Ich knipste das Licht an.

Für einen Blutsauger hatte er gar nicht so sehr viel Blut verloren. Trotzdem, mit Eisen hatte man bei ihm nicht gespart. Drei Kugeln, auf den ersten Blick. Eine in die Brust, die zweite in den Hals, die dritte ins linke Auge. Er sah aus wie der Kater von eben, genauso gerupft. Sein behaarter Bauch schaute aus dem Morgenmantel, unter dem er nur eine Pyjamahose trug. Ein Fuß steckte in einem Pantoffel, der andere war nackt und spiegelte den Charakter des Mannes wider: nicht sehr sauber. Steif wie Justitia, deren Rache er zu spüren bekommen hatte, breitete er seine hundert Kilo verdorbenes Fleisch auf dem abgetretenen Linoleum aus. Sein Gesicht war schon zu Lebzeiten nicht das eines Adonis gewesen; jetzt war es abstoßend häßlich. Die Erhabenheit des Todes! Solch ein Quatsch! Seine rechte Hand umklammerte eine 22er mit langem Lauf. Mit der hatte er sich verteidigt, allerdings sehr schlecht.

Um die Leiche herum herrschte ein hübsches Durcheinander. Nicht gerade ein Kunstwerk. Offene Schubladen, verstreute Akten. Dasselbe in den anderen Räumen, in die ich mich auf Zehenspitzen wagte. Der Kerl, der Lemeunier eins verpaßt hatte, war bestimmt schon ganz heiser gewesen vom vielen Reden und hatte deshalb Kollege Browning sprechen lassen. Nach dem Großreinemachen hatte er in aller Eile seine Akte gesucht und mitgenommen. Ich sah mich gründlich um, gewann aber nur die Überzeugung, daß es wohl 'ne Menge Leute gab, die Lemeuniers Tod ganz und gar nicht beruhigte. Jetzt würden die Flics in den Papieren des ordnungsliebenden Vampirs herumschnüffeln. Ich schnappte mir alles, was ich brauchte: ein Thema für meine Doktorarbeit in Philosophie. Meine Studien wollte ich aber lieber an einem weniger ungesunden Ort fortsetzen. Auf dem Weg nach draußen ließ ich noch zwei gebundene Sammelbände von Ausgaben der *Bonne Nouvelle* mitgehen. Solche Bände sind manchmal eine Quelle nützlicher Informationen.

Ich öffnete die gepolsterte Tür. Die Melodie von *Paris-Canaille* drang an mein Ohr, gepfiffen von einem fröhlichen Zeitgenossen. *Paris-Canaille!* Komischer Zufall. Komisch, aber leider nicht zum Lachen! Der Pfeifer kam die Treppe rauf. Besuch für Lemeunier!

Mit einem Sprung war ich wieder im Büro und flüchtete dann ins Nebenzimmer. Das Pfeifen brach ab. Eine junge, fröhliche Stimme trompetete:

„Was'n los? Festbeleuchtung, die Tür nicht mehr verrammelt?..."

Mit einem Schlag war die Stimme weder jung noch fröhlich. Nur noch eine Art gurgelndes Knurren. Ein scheußliches Geräusch wie bei einer Maschine, die gerade kaputtgeht.

„Scheiße!"

Das war immer noch die Nachtigall, aber die Stimme klang völlig verändert, kaum wiederzuerkennen.

Scheiße!" wiederholte die Stimme ein gutes dutzendmal.

Selbst für Lemeunier hätte man sich eine etwas abwechslungsreichere Grabrede gewünscht. Aber der Vogel war zu verdutzt, um sich was Besseres auszudenken. Durch den Spalt der Tür, hinter der ich stand, konnte ich den jungen Mann sehen. Ungezwungen und großspurig, wenn nicht gerade eine Leiche vor seinen Füßen lag. Im Augenblick grün vor Angst in dem kantigen Gesicht mit einer etwas schiefen Nase. Auf blonden Haaren saß ein grauer Hut. Glencheckjacke, weiche Flanellhose. Die Knie darin ebenfalls weich. Seine Finger umkrampften den Griff einer Ledermappe. Darin war bestimmt eine kleine Fleißarbeit. Eine Arbeit, die er abliefern wollte, die aber nie bezahlt werden würde. Zum letzten Mal rief er *Cambronne* zu Hilfe, um sich Mut zu machen. Dann haute er ab, langsam, rückwärts, die untertellergroßen Augen starr auf Lemeuniers Leiche gerichtet.

Ich kam aus meinem Versteck hervor und machte mich ebenfalls aus dem Staub. Im Treppenhaus begegnete mir niemand. Unbehelligt trat ich auf die Rue Feydeau. Vielleicht war mein pfeifender Jüngling in eins der umliegenden Bistros gegangen, um sich mit einem Schluck Beruhigungstee aufzumuntern. Ich fand ihn aber nirgends. Also kehrte ich in die Agentur Fiat Lux zurück.

* * *

Hélène saß an ihrem Platz. Nachdem wir die üblichen Freundlichkeiten ausgetauscht hatten, legte ich die beiden Sammelbände auf den Tisch.

„Was ist das?" erkundigte sich meine Sekretärin.

„Eine fast vollständige Ausgabensammlung der *Bonne Nouvelle.* Sehr wertvoll. Erstens sind Nummern darunter, die nie in den Verkauf gelangt sind, weil die Betroffenen einen kräftigen Zuschuß zu den Druckkosten gegeben haben. Und zweitens kann so was immer mal nützlich sein."

Sie zog ihr hübsches kleines Näschen kraus:

„*La Bonne Nouvelle?* Dieses Erpresserblatt?"

„Ja."

„Günstig gekriegt?“

„Geerbt...“

Ich setzte mich und stopfte mir eine Pfeife. Dann erzählte ich Hélène, warum ich zu Lemeunier gegangen war, wie ich ihn gefunden hatte usw.

„Und das alles vor neun Uhr morgens!“ rief sie.

„Für diesen Sport bin ich immer zu haben.“

„Wer war's?“

Ich lachte.

„Ihr Vertrauen ehrt mich, mein hübsches Kind. Aber selbst Nestor Burma kann Ihre Frage im Augenblick nicht beantworten.“

Mit ihrem rotlackierten Nagel klopfte sie auf den Einband der *Bonne Nouvelle:*

„Ist das alles, was Sie mitgebracht haben?“

„Das ist alles.“

Ein leichtes Lächeln huschte über ihre Lippen.

„Also...äh...keine Akte Lévyberg?“

„Keine Akte Lévyberg.“

Das Lächeln wurde zu einem kristallklaren Lachen voller Spott. „Herrlich, diese Detektive!“

„Keine voreiligen Schlüsse“, protestierte ich. „Eine nicht vorhandene Akte Lévyberg beweist noch lange nicht, daß Lévyberg der Täter ist.“

Ich wußte nicht, ob ich mich darüber freuen sollte oder nicht, so durcheinander war ich.

„Aber Sie selbst haben doch den unzweifelhaft bestehenden Zusammenhang zwischen dem Text der Kleinanzeige und dem von Lemeunier herausgegebenen Revolverblatt hergestellt, oder?“

„Unzweifelhaft ist vielleicht übertrieben. Das ist mir im Schlaf eingefallen. Sozusagen im Traum.“

„Und daß Lemeunier heute nacht abgemurkst worden ist ...war doch heute nacht, oder?“

„Nach der Totenstarre und ein paar anderen Indizien zu urteilen, ja.“

„... War das auch ein Traum?“

„Das kann purer Zufall sein. Sie wissen doch, Hélène, es gibt so was wie Fatalität. Ich wollte nur ein wenig mit Lemeunier plaudern. Fünf oder sechs Wochen sind es jetzt her, daß ich über meine letzte Leiche gestolpert bin. Das konnte nicht so weitergehen. Jetzt ist wieder alles im Lot...“

Ich schüttelte den Kopf und klopfte meine Pfeife aus.

„... Lévyberg hat doch nicht gleichzeitig Lemeunier umgebracht, sich mit mir verabredet und einen Flic oder so was Ähnliches zu dieser Verabredung geschickt. Und er wußte wohl auch nicht genau, für wen seine Anzeige bestimmt war. Sonst hätte er sich nicht mit mir verabredet. Übrigens, ich habe vollstes Vertrauen in die Beobachtungsgabe unseres lieben Reboul, aber zwei sehen mehr als einer. Sie haben doch auch diesen Kerl gesehen. Sah der wie ein Polyp aus?“

„Ganz genauso.“

Ich schnappte mir das Telefon und wählte die Nummer der Kripo. Faroux.

„Salut, alter Freund! So langsam reicht’s mir“, schimpfte ich wie einer, dem’s so langsam reicht.

„Ach ja?“ antwortete der Kommissar. „Und warum?“

„Stimmt was nicht, oder warum schicken Sie mir Ihre Flics auf den Hals?“

„Versteh ich nicht.“

„Werd’s Ihnen erklären. Gestern abend stand ich mit Freunden in einem Bistro an der Theke, als...“

Ich erzählte ihm ein kleines Märchen, um einen Inspektor auftreten zu lassen, der Streit mit mir suchte.

„Hat uns weder seinen Namen genannt noch eine Marke gezeigt. Wenn der nicht zu eurem Laden gehört, will ich Florimond heißen. Ziemlich groß, etwas gebeugt...“

Ich gab Rebouls Beschreibung weiter. Faroux am anderen Ende hüstelte:

„Hm... Beschreiben Sie ihn mir noch mal...“

„Glauben Sie eigentlich, mir macht das Spaß?“

„Kann man nie wissen!“

„Na gut…"

Ich wiederholte das mit dem grauen Teint, der gebeugten Haltung und dem ganzen Kram von dem Kerl, den ich nie in meinem Leben gesehen hatte.

„Interessant", sagte Faroux. „Und wo war das?"

„Im Bistro gegenüber vom Rex."

„Und Sie haben den Mann nicht provoziert, Burma?"

„Nein."

„Danke für den Tip. Wenn das der ist, den ich meine, würd ich gern ein Wörtchen mit dem reden."

„Wenn das der ist, den ich meine", lachte ich, „wird das sehr einfach sein. Er ist sicher ganz in Ihrer Nähe."

„Irrtum, Burma. Das ist kein Flic. Genauer gesagt, er ist es nicht mehr. Wir haben ihn rausgeworfen. Ein Gangster, den er bewachen sollte, war unter mehr als zweifelhaften Umständen entwischt. Wahrscheinlich hat er ihm dabei geholfen. Ich hab Ihnen schon mal davon erzählt. Péronnet. Erinnern Sie sich?"

„Ja."

„Möchte wissen, warum Dolivet mit Ihnen Streit anfangen wollte."

„Dolivet?"

„So heißt der Ex-Kollege."

„Ach so. Eigentlich hat er nicht richtig Streit angefangen. Ist uns einfach nur auf den Wecker gegangen. Hätte er nicht so ausgesehen wie einer Ihrer Weihnachtsmänner, hätte ich ihn nicht so wichtig genommen. Schien übrigens etwas besoffen zu sein. Wie wir, haha!… Freut mich zu hören, daß das nicht einer Ihrer Scherze war."

Ich legte auf. Ich hatte eine Information bekommen, hatte aber auch vielleicht eine Dummheit begangen. Mit diesen Flics muß man vorsichtig umgehen. Faroux hört die Flöhe husten. Zum Glück hatte ich den Vorfall in einem Bistro spielen lassen, auf dessen Patron ich mich verlassen konnte. Ich sagte Hélène, sie solle Reboul – der gleich aufkreuzen mußte – damit beauftragen, mit ihm ein Alibi klarzumachen, das einer eventuellen Überprüfung durch Faroux standhalten konnte. Dann rief ich Esther Lévyberg an:

„Guten Tag. Hier Burma. Kann ich zu Ihnen kommen?"

„Zu jeder Tages- und Nachtzeit, wann Sie wollen. Das wissen Sie doch, mein Lieber", antwortete sie mit ihrer schönen, gebrochenen Stimme.

5

Schlechter Stoff

Im Hause Berglevy, Stoffe aller Art, wurden immer noch keine Leute eingestellt. Vielleicht wurden sie sogar entlassen. Den Platz des unsympathischen Wachhundes vom Vortag nahm jedenfalls ein junger Bursche ein. Er beschränkte sich darauf, mir den Weg zu zeigen, den ich bereits kannte. Esther erwartete mich in dem mit ihrem Plunder vollgestopften Salon. Dasselbe Dämmerlicht. Ich setzte mich neben sie.

„Was Neues?“ fragte sie.

Um ihre dunklen Augen lag ein noch dunklerer Schatten. Zuviel Lippenrot ließ ihre Unterlippe stark hervortreten.

„Das wollte ich Sie fragen“, sagte ich. „Haben Sie den anonymen Brief wiedergefunden?“

„Nein. Er…“

Ich unterbrach sie:

„Schon gut. Reden wir offen miteinander, ja? Gibt es den Brief oder nicht?“

Sie tat entrüstet:

„Es gibt ihn. Wer sagt Ihnen, daß…“

Ich fuhr wieder dazwischen:

„Was stand drin?“

„Daß Georges sich rächen will.“

„War's seine Handschrift?“

Sie machte eine ungeduldige Handbewegung.

„Was weiß ich?… Nein. Nicht die Schrift, die ich von ihm gekannt habe… Aber sie kann sich mit der Zeit verändern.“

„Die Handschrift von Georges Moreno kann sich nicht mehr verändern. Moreno ist tot.“

„Tot?“

Ihre Überraschung schien nicht gespielt.

„Seit 1937. In Spanien. Er kämpfte auf der Seite der Republikaner. Die Franquisten haben ihn erschossen.“

Ich ließ sie die Nachricht erst mal verdauen. Nach einer bedrückenden Schweigeminute sagte sie:

„Das wußte ich nicht... Sind Sie sicher?"

Ich zuckte die Achseln:

„Hundertprozentig sicher kann man nie sein. 'Ne Menge Soldaten da unten kämpften unter falschem Namen. Außerdem hab ich die Angewohnheit, Leichen zu finden. Die hier ist eine Ausnahme. Ich hab sie nicht mit eigenen Augen gesehen. Aber wenn er nicht im Spanischen Bürgerkrieg erschossen worden ist, hätte ich irgendwie irgendwoher irgendeine Nachricht von ihm gekriegt."

Sie lachte:

„Hat er Ihnen von 1930 bis 37 Nachrichten zukommen lassen?"

„Nein."

„Also. Das beweist gar nichts."

Jetzt lachte ich:

„Sie möchten gerne, daß er lebt, nicht wahr? Um Ihrem Bruder Angst einzujagen, hm? Auch wenn Sie selbst dabei dran glauben müssen, wenn's hart auf hart kommt. Sie lieben Ihren Bruder wie sich selbst, nicht wahr?"

Sie überhörte die Frage. Ich bohrte weiter:

„... Sie lieben ihn, wie man ein Steak oder ein Hähnchen mag: blutig oder gut durchgebraten. Sie würden sogar mit ihm in die Seine springen, gewissermaßen als Eisenkugel. Auch wenn Sie zusammen mit ihm untergehen, stimmt's?"

Ich tauchte in meine Flußbilder ein, ließ mich treiben wie die Ertrunkenen, von denen ich soeben gesprochen hatte. Leise fügte ich hinzu:

„... Sie sollten mich mitschwimmen lassen. Schenken Sie mir lieber reinen Wein ein. Sie haben mich bezahlt. Eigentlich, um Sie vor Moreno zu beschützen. Moreno ist tot. Es gibt einen anonymen Brief. Vielleicht auch nicht. Ich glaube, ich soll Ihren Bruder in Angst und Schrecken versetzen, durch meine bloße Anwesenheit. Vielleicht haben Sie mich für einen Gangster oder einen Kinderschreck gehalten. Irrtum. Immerhin hab ich was über Ihren Bruder rausgefunden. Sie bezahlen mich, also sag ich Ihnen, was ich rausgefunden habe."

Interessiert beugte sie sich vor.

„Was denn?"

„Vorher möchte ich Sie noch was fragen: Hat er Feinde? Ich meine nicht Moreno. Über den sollten wir nicht mehr reden. Das führt uns in die falsche Richtung."

„Feinde?" rief sie. „Wer hat die nicht? Er mehr als jeder andere..."

Ihre Augen blitzten auf.

„Von Ihnen ist nicht die Rede", sagte ich.

Sie biß sich auf die Unterlippe. Das Lippenrot färbte auf ihre Zähne ab.

„Genausowenig wie von diesem Monsieur... Wie heißt er noch gleich? Der Schwerhörige."

„Gérard Bonfils."

„Ach ja. Was ist mit ihm genau?"

„Ich hab's Ihnen doch erzählt. Sie haben sich in diesem Lager kennengelernt. Bonfils hat René das Leben gerettet. Solche Menschen gibt's."

„Was für Menschen? Berufliche Lebensretter?"

„Retter und Gerettete."

„Das ist also kein Feind? Ein Freund... Seine Rettungsaktion hat sich gut bezahlt gemacht."

„Schon möglich."

„Kommen wir zu den Feinden zurück. Nur die interessieren mich."

„Er war schon immer sehr hartherzig. Geschäftlich wie privat. Ständig im Streit mit dem einen oder andern. Unausstehlich für alle. Von seiner Frau lebt er getrennt, obwohl die füreinander wie geschaffen waren. Aber sein Größenwahn! Unser Familienbetrieb genügte ihm nicht. Textilien sind ihm zu... äh... mickrig. Er hat dazu ein Transportunternehmen und eine Spinnerei gegründet..."

„Eine Vertikalverflechtung?"

„Ich glaub, so heißt das im Fachjargon. Im Moment hat er

eine neue Marotte: Er hegt politische Ambitionen. Steht gerade in Verhandlung über den Kauf der *Méridien*. Die Zeitung befindet sich in Schwierigkeiten. Sie würde jeden Morgen einer Million Lesern – unter dem tut er's nicht – die Meinung von Monsieur René Lévyberg über dieses oder jenes nationale oder internationale Problem mitteilen. Kurz und gut, er leidet an einem Minderwertigkeitskomplex, den er irgendwie abreagieren muß. Ich nehme an, das hat er aus dem Konzentrationslager mitgebracht ..."

Ein eigenartiges Lächeln huschte über ihre vollen Lippen. Sie schien finsteren Gedanken nachzuhängen.

„... Übrigens: das mit dem Zeitungskauf geht nicht ganz so glatt. Eine gegnerische Gruppe, angeführt von Raucher, versucht, ihn auszubooten. Das ist alles, was ich weiß. Hilft Ihnen das weiter?"

„Glaub nicht. Das kann zu dem passen, was ich erfahren habe. Vielleicht aber auch nicht."

„Was haben Sie erfahren?"

„Ihr Bruder wird erpreßt. Zumindest wird's versucht."

Sie stürzte sich drauf wie ein Hund auf einen Knochen.

„Großartig!" schrie sie. Ihre Stimme zitterte.

„Hm. 'Ne ähnliche Schweinerei haben Sie vermutet, und weil Sie mehr darüber wissen wollten, haben Sie mir was vorgemacht, stimmt's?"

„Ich habe Ihnen überhaupt nichts vorgemacht", erwiderte sie schnippisch. „Und kümmern Sie sich nicht darum, ob ich etwas geahnt habe oder nicht. Erzählen Sie weiter. Ich will was hören für mein Geld."

Der Ton mißfiel mir.

„Es gibt nichts zu erzählen. Ich weiß noch zu wenig. Und es wird auch bestimmt nicht mehr werden. Ich hör auf."

„Sie hören auf?"

Ungläubigkeit und Verblüffung spiegelten sich auf der Gesichtshälfte, die nicht durch die schwarze Haarpracht verdeckt war.

„Ich höre auf", wiederholte ich.

„Warum?“ schrie sie wütend. „Ich hab Sie bezahlt...“

„Es geht nicht um Geld. Ich werd’s Ihnen zurückgeben.“

Sie beruhigte sich. Einschmeichelnd säuselte sie mit ihrer verführerischen, etwas verruchten Stimme:

„Aber, aber! Warum sind Sie denn so böse zu Ihrer kleinen Alice?“

„Alice?... Ach ja...“

Alice, richtig. Ja, früher gab es mal eine kleine, süße Alice. Das war die leidenschaftliche Geliebte meines Freundes Moreno. Moreno war tot. Alice auch. Schwer zu sagen, wer von den beiden toter war: der Mann, der von den Kugeln der Franquisten erledigt worden war, oder die Frau, die sich heute Esther nannte.

„Seien Sie nicht dumm, Burma! Hören Sie auf, wenn Sie wollen. Aber behalten Sie das Geld. Sie haben es sich verdient. Schon alleine durch das, was Sie mir berichtet haben. Obwohl... ich bedaure es, daß Sie den Fall nicht weiter verfolgen wollen. Ich hätte gerne mehr erfahren. Na ja...“

„Um Ihrem Bruder bei dem schweren Schicksalsschlag beizustehen, nicht wahr?“ bemerkte ich ironisch.

Sie stand auf und ging im Zimmer auf und ab. Unverhofft flink bewegte sie ihren massigen Körper zwischen den Sammelstücken.

„Quatsch!... Natürlich um mich an seinen Qualen zu weiden“, erklärte sie zynisch.

Die süße Alice war mausetot. Sie hatte es mir ja gesagt: ‚Nicht Alice! Esther.‘ Es gab nur noch Esther. Wie eine Furie. Die Narben unter ihrer langen Haarpracht paßten dazu. Ich konnte es mir nicht verkneifen:

„Verdammt! Er ist nicht gerade sympathisch, aber trotzdem... So sehr hassen Sie ihn?“

Sie blieb stehen, sah mich an. Dann lächelte sie. Wie eben, als sie von dem Konzentrationslager sprach. Ich hakte ein:

„Tausende hat’s dort erwischt. Diese Enttäuschung, als er heil wiederkam, hm? Wie Sie schon sagten: solche Menschen gibt’s, Retter... Sie... Um Gottes willen!“

Ein Gedanke schoß mir durch den Kopf. Ein ungeheurer Gedanke. Aber seit fünfzehn Jahren ist das Ungeheure alltäglich. Ich konnte mich nicht beherrschen und platzte heraus:

„In die Seine, Sie an ihn gekettet, wie eine Kugel... Haben Sie vielleicht zufällig etwas nachgeholfen bei der Verhaftung Ihrer Familie?"

Sie sah mir ins Gesicht, herausfordernd, voller Haß, seltsam schön in ihrer Erregung. Mit zitternder Stimme schrie sie:

„Und wenn es so wäre? Sie haben meine Liebe zerbrochen, sie haben alles getan, um sich von dem Mann zu trennen, den ich liebte, sie haben das Kind umgebracht, das ich von diesem Mann erwartete, sie haben mich verflucht. Es war nur gerecht, daß sie jetzt zu Verfluchten wurden... Reicht das als Antwort?"

„Völlig. Weiß Ihr Bruder Bescheid?"

„Nein. Manchmal wär ich zwar fast dran erstickt. Aber ich weiß nicht, warum... ich habe nie... Glauben Sie nur nicht, das seien Gewissensbisse."

„Ich glaube gar nichts", sagte ich müde. „Außer, daß es bestimmt genau das ist, was man ihm verkaufen will."

„Was verkaufen?"

„Die Beweise für Ihre Denunzierung. Es existieren sicher Dokumente..."

Sie zuckte die Achseln.

„Warum an ihn verkaufen? Warum nicht an mich? Logischerweise würde man mich erpressen. Falls es solche Dokumente überhaupt gibt."

„Die Erpresser werden ihre Gründe dafür haben. Jedenfalls, wenn Ihr Brüderchen es erfährt, wird das Leben für Sie nicht gerade lustig..."

„Es war noch nie lustig."

Ich stand auf.

„Ich muß mit ihm reden", sagte ich.

„Mit René?"

„Ja."

„Warum?"

„Nicht um auszupacken. Seien Sie unbesorgt. Im Gegenteil. Um das Schlimmste zu verhüten. Ich möchte, daß er mich mit diesem Fall beauftragt. Ich weiß nicht, ob Sie verstehen, worum's mir geht?"

„Vielleicht. Also lassen Sie die Sache nicht sausen?"

„Nein."

„Na schön, gehen Sie zu ihm. Auf jeden Fall wird ihm Ihr Besuch unangenehm sein. Immerhin etwas."

„Sie sollten sich einen Revolver kaufen."

„Warum?"

„Um ihn zu töten. Sie hassen ihn doch so sehr. Alles wäre mit einem Schuß zu Ende. Alle wären erlöst."

Sie lachte.

„Genau aus diesem Grund werde ich ihn nicht töten. Tote leiden nicht mehr! Aber sich ihn in diesem Lager vorstellen, an all das denken, was er erdulden mußte: Welch ein Rausch! Und dann, ihn jeden Tag demütigen... Ach! Moreno war einer Lévyberg nicht würdig! Er war keiner von uns, von unserer Rasse! Wissen Sie, wie man mich hier im Hause nennt? Hyster. Mademoiselle Hyster. Wundert mich, daß die Lastwagen seiner Spedition mich noch nicht überrollt haben. Das haut Sie um, was? Ich..."

Ihre Stimme versagte. Sie unterdrückte ein Schluchzen. Ihre Augen füllten sich mit Tränen.

„Sie tun mir leid", sagte ich.

Mit wilder Anstrengung bekam sie sich wieder unter Kontrolle.

„Behalten Sie Ihr Mitleid. Ich will keins. Von niemandem. Und ich hab auch keins für René. Darum werd ich ihn nicht töten."

„Dann wird er Sie töten."

„Nein. Da bin ich unbesorgt. Das würde seinem Geschäft schaden, seinen Plänen, seinem Ehrgeiz..."

„Vielleicht zählt das eines Tages nicht mehr, Geschäfte, Pläne, Ehrgeiz. Der Tropfen, der das Faß zum Überlaufen bringt."

Ich sah, wie der Tropfen dicker wurde, so riesig wie ein Wasserfall. Und ich war entschlossen, ihn wegzuwischen.

„Nein", wiederholte Esther und schüttelte entschieden den Kopf. Er wird mich nicht töten."

* * *

„Ich möchte bloß wissen, warum ich Sie empfange", schimpfte René Lévyberg und sah mich durch seine flatternden Augenlider hindurch an.

Er saß an seinem Schreibtisch, einem schlichten Möbel, sauber und ordentlich, in der Mitte eine grüne Schreibunterlage mit vergoldeten Ecken. Ein dicker Füllfederhalter wartete auf der grünen Unterlage auf das Unterschreiben von Schecks, die aber sicher nicht für mich bestimmt waren. Auf einem Bürowagen standen ein Telefon, ein Sprechgerät und ein Aschenbecher. Durch das offene Fenster drang von irgendwoher in dem geschäftigen Bienenkorb Schreibmaschinengeklapper ins Zimmer.

Der Gemischtwarenhändler bewegte sich nicht von seinem Sessel fort, gab mir nicht die Hand, bot mir keinen Platz an. Ich setzte mich trotzdem. Die Unterhaltung konnte lange dauern.

„Vielleicht," erwiderte ich lächelnd, „weil Sie alt genug sind, um sich an die *Rumeur* zu erinnern. Sie wissen doch, die Vertreter der Zeitung gaben eine Visitenkarte ab, auf der man lesen konnte: ‚Lassen Sie sich nicht verleugnen, wenn jemand von der *Rumeur* darum bittet, empfangen zu werden. *La Rumeur,* das Gerüchtekarussell'. Das ist Pariser Geschichte..."

Seine Augenlider flatterten noch etwas schneller, aber das wollte nichts heißen. Das taten sie immer.

„Ich kümmere mich nicht um die Geschichte von Paris", unterbrach er mich. „Zur Sache, bitte."

„Ich möchte Ihnen meine Dienste anbieten, Monsieur."

„Dann können Sie gleich wieder gehen. Ich stelle niemand

ein. Ich bin groß genug, um mich selbst gegen Moreno zu verteidigen. Außerdem bin ich nicht so dumm, dafür jemand zu engagieren, der sein Freund ist... oder sein Komplize. Ich bin es auch nicht gewohnt, mein Geld zum Fenster rauszuwerfen."

„Es geht nicht um Moreno. Und ich biete Ihnen meine Dienste gratis an."

„Donnerwetter! Das hab ich ja noch nie erlebt!"

„Aber jetzt, bei mir."

Er spielte mit seinem Füllfederhalter.

„Ich mißtraue Gratisangeboten. Sie kommen einen manchmal äußerst teuer zu stehen."

„Klar, man muß bezahlen. Aber nicht ich."

„Wer dann?"

„Weiß ich nicht."

„Hören Sie, Monsieur..."

Er sprach mit gespielter Sicherheit, betont unbekümmert, mit erhobener Stimme, um sich selbst Mut zu machen.

„...falls Ihr rätselhaftes Benehmen ein Trick sein soll, um sich hier einzuschleichen und mir das Geld aus der Tasche zu ziehen: dieser Trick zieht nicht."

Er knallte den Füller auf den Tisch, daß er fast kaputtging.

Ich klopfte auf den Busch.

„Ich dachte, Sie könnten einen Detektiv gebrauchen."

Er runzelte die Stirn.

„Haben Sie das von Esther?"

„Mit Mademoiselle Esther habe ich nur von der Vergangenheit gesprochen."

„Eben... Sie verkörpern eine Vergangenheit, die ich nicht wiederaufleben lassen möchte... Nein, Monsieur, ich brauche keinen Detektiv... und selbst wenn, Sie würde ich nicht engagieren."

„Schade! Ich bin nämlich so viel wert wie alle Jolivets zusammen."

„Jolivets?"

Der Name war ihm offensichtlich unbekannt. Wer Ohren

hat, um zu hören, der hört das am Tonfall. Was Lévyberg auch behauptete, er hatte einen Privatdetektiv auf den Fall angesetzt. Und der entlassene Flic gehörte zu dessen Mitarbeitern.

Kein Wunder, daß er seinen Namen nicht kannte.

„Jolivet oder Dolivet“, sagte ich.

Er lächelte schwach.

„Nicht mal ein gutes Namensgedächtnis, hm? Bestimmt noch so ein Trick.“

Ich sagte nichts, sah ihn nur an. Und nachdem ich ihn 'ne Weile angesehen hatte, hielt ich auch weiterhin die Klappe. Ich vergeudete hier meine besten Jahre. Hätte es wissen müssen. Schwach, Nestor. Ich war ein Freund von Moreno. Lévyberg starb fast vor Angst. Aber ich hätte ihm sonstwas erzählen können, er würde mich nicht engagieren. Außerdem hatte er schon einen Kollegen an der Hand. Unter diesen Umständen brauchte ich die Karten gar nicht offen auf den Tisch zu legen.

In Erinnerung an Alice hatte ich mit dem Gedanken gespielt, als Puffer zwischen Esther und den Kerlen zu dienen, die Lévyberg die Beweise für den Verrat seiner Schwester während der Okkupation verhökern wollten. Ich mußte zwar diesen Plan nicht unbedingt aufgeben. Aber ich konnte auf keinen Fall mit René Lévyberg rechnen, um Licht in das Dunkel zu bringen, so schwach es auch sei. Ich mußte alleine zurechtkommen. Und schnell mußte ich sein. Die Erfolgschancen waren so mager wie Bonfils und Lévyberg, als sie aus dem Konzentrationslager gekommen waren.

Ich stand auf.

„Entschuldigen Sie“, sagte ich.

Ich sprach langsam und zögerte beim Hinausgehen, falls er seine Meinung doch noch ändern würde.

Er änderte seine Meinung nicht. Keine Geste, die mich zurückhalten sollte. Er machte sich nicht mal die Mühe, mich zur Tür zu bringen, nur eine überflüssige Bewegung mit dem Kinn. Wie Mussolini; eine in Stein gehauene Männlichkeit. Ich mußte mich alleine zurechtfinden.

Draußen auf der Straße stieß ich mit Reboul zusammen.

„Was ist los?“ fragte ich, überrascht, ihn hier zu treffen.

„Genau das wollte ich Sie auch fragen“, antwortete der Einarmige. „Hélène hat mir gesagt, ich solle Sie abpassen. Faroux hängt an der Strippe. Will Sie sprechen. Ist jetzt wohl schon im Büro.“

Ich runzelte die Stirn:

„Hm... Ich hätte ihm nichts über Ihren Flic von heute nacht erzählen dürfen. Diese Bande will immer mehr wissen als man selbst. Trotzdem komisch, daß Faroux so schnell reagiert. Haben Sie ’ne Idee, warum?“

Kopfschütteln.

„Keinen blassen Schimmer.“

Wir waren an der Ecke Rue du Croissant angelangt. Vor diesem Café war 1914 Jaurès umgebracht worden.

„Kommen Sie, trinken wir was. Und Sie erzählen mir, ob alles klar ist mit unserem Alibi.“

„Alles klar.“

Als wir an der Theke standen, jeder ein Bier vor sich, erzählte er mir die Geschichte, die er mit dem Patron abgesprochen hatte. Ich prägte sie mir gut ein, um sie Florimond haarklein zu servieren.

„Ich hab mich also nicht geirrt, hm?“ sagte Reboul. „War ein Flic.“

„Ein entlassener“, präzisierte ich. „Dolivet heißt er. Ein komischer Vogel. Hat beim Ausbruch eines gefährlichen Gangsters etwas nachgeholfen. Wurschtelt jetzt privat weiter, bei einem einigermaßen windigen Kollegen, der sein Büro im Freudenhaus hat... Ja, mein Lieber, die Telefonnummer, die Sie aufgeschnappt haben, zentral und so, gehört zu einem Puff in der Rue de la Lune.“

„Wirklich?“ Mein Mitarbeiter pfiff leise. „Manche Kollegen haben eben Glück...“

Ernsthafter fügte er hinzu:

„...Dann können wir leicht rauskriegen, wer sein Chef ist. Noch tolerantere Detektivbüros als die Agentur Fiat Lux gibt’s nicht gerade wie Sand am Meer.“

„Ja, das müßte leicht sein", seufzte ich.

Ich betrachtete die vergilbten Fotos von Jaurès, die zu Ehren des sozialistischen Helden hinter Glas aufbewahrt wurden, zusammen mit der Ausgabe der *Humanité,* in der über Villains Mordtat berichtet worden war.

„...Das müßte leicht sein", wiederholte ich. „Aber bringt uns das weiter?"

„Weiß ich nicht", sagte Reboul. „Ich weiß ja nicht mal, was wir suchen."

„Eine Stecknadel im Heuhaufen."

Er grinste:

„Wie üblich."

„Trotzdem, diesmal hab ich das Gefühl, ich beiß mir die Zähne aus."

„Aber, aber! Eine Erpressung, das sind doch kleine Fische für Sie. Geht doch um 'ne Erpressung, oder?"

„Nicht so richtig. Lévyberg glaubt, man will ihn erpressen. Wie alle betuchten Geldsäcke, die einen Skandal fürchten, will er lieber zahlen. Auch wenn er sich nichts vorzuwerfen hat. Darum hat er nach mehreren Aufforderungen die vereinbarte Anzeige aufgegeben und sich mit mir verabredet. Aber in Wirklichkeit geht's um was anderes."

„Um was, wenn man fragen darf?"

„Man will ihm Dokumente verkaufen, die beweisen, daß sein Schwesterchen ein ziemlich mieses Ding gedreht hat. Und ich will vor ihm an diese Dokumente ran. Eine harte Nuß."

Reboul riß die Augen weit auf:

„Allerdings. Scheint wohl eine komische Geschichte zu sein. Also, ich versteh das nicht. Warum erpressen die nicht die Schwester?"

„Das hab ich mir auch schon überlegt. Die nehmen sich Lévyberg vor, weil sie mit diesen Dokumenten das Äußerste aus ihm herausholen wollen. Und ich glaube, die Rechnung geht auf. Ah! Das bringt mich auf eine Idee. Sie und Zavatter holen Erkundigungen über Lévyberg ein. Seine Schwester ist nicht objektiv. Er soll in Verhandlungen stehen mit der *Méridien*. Eine Gruppe von Leuten will ihn ausstechen. Wenn das stimmt, müssen wir in dieser Richtung weitersuchen. Verstehen Sie, die wenigen Spuren, die ich bis jetzt habe, führen alle zu dem möglichen Käufer. Ich spreche jetzt wieder von den Dokumenten. Mich interessiert der Verkäufer. Der einzige, der mir vielleicht – vielleicht! – hätte weiterhelfen können, war Lemeunier. Aber Lemeunier..."

Mein Mitarbeiter lachte:

„Hélène hat's mir erzählt. Sie hatten ihn zum Frühstück, hm?"

„Kalte Platte, ja."

„Glauben Sie, für ihn war die Anzeige bestimmt?"

„Keine Ahnung."

„Aber möglich wär's?"

„Ja und? Jetzt sagt er nichts mehr."

Reboul zuckte die Achseln:

„Kann uns ja scheißegal sein, oder?"

„Was?"

„Sein Tod. Möchte sowieso wissen, wie der's geschafft hat, so alt zu werden. Und ob Lévyberg ihn umgelegt hat oder ein anderer..."

„Auch wenn uns das nicht scheißegal wär, tot ist tot. Aber Lévyberg war's nicht. Ich war grade bei ihm. Er ist so nervös wie einer, der erpreßt wird. Mehr nicht. Wenn er das andere dicke Schwein kaltgemacht hätte, hätte er 'ne ganz andere Angst. Nein, er war's nicht. Lemeunier hatte einen Arbeitsunfall, sozusagen. Nicht sehr nett von ihm, daß er ihn in dem Augenblick hatte, als ich ihn gebrauchen konnte..."

„Und wenn er diese Dokumente besaß?"

„Dann liegen die immer noch bei ihm rum, obwohl ich nichts gesehen habe. Allerdings hab ich auch nicht methodisch nachgesehen. Werde versuchen, Faroux auszuquetschen. Ach ja, Faroux...der Gute wartet schon 'ne Ewigkeit im Büro. Ich sollte ihn nicht auf die Palme bringen, wenn ich ihn um einen Gefallen bitten will."

Aus der Rue du Croissant strömte eine Schar schreiender Zeitungsverkäufer, unterm Arm die ersten Abendausgaben, die sie in alle Himmelsrichtungen brachten. Einer kam ins Café; ich kaufte ihm den *Crépuscule* ab.

Fettgedruckt auf der Titelseite war von Lemeunier die Rede. ‚Eine Art Journalist', hieß es in dem Artikel. Es war nicht bekannt, ob Diebstahl, Rache oder Rivalität das Motiv für das Verbrechen war. In der Gegend seiner Wohnung war keine verdächtige Person gesehen worden. Um so besser für mich.

Ich gab Reboul letzte Anweisungen. Wir verabschiedeten uns, und ich ging in die Agentur zurück.

6

Schmutzige Wäsche

„Auch schon da?“ rief Florimond Faroux, als er mich sah.

Er saß neben Hélène, einen großen gelben Umschlag auf den Knien. Ungeduldig kaute er auf seinem Schnurrbart. Ich übersah ihn und wandte mich an meine Sekretärin:

„Hat er Ihnen einen guten Tag gewünscht, mein Schatz?“

Ich gab ihr durch ein Augenzwinkern zu verstehen, daß Reboul mir Bescheid gegeben hatte.

„Aber ja, Chef“, lächelte sie.

„Das gilt dann sicher für alle und für den ganzen Tag.“

„Spielen Sie nicht den Clown“, brummte Faroux. „Guten Tag, wenn Sie soviel Wert darauf legen.“

„Salut, alter Freund. Haben Sie auf mich gewartet?“

„Sieht so aus.“

„Verdammt nochmal! Haben Sie sonst nichts zu tun in der Tour Pointue?“

„O doch, im Gegenteil, jede Menge. Sagen Sie mal, Burma, dieser Dolivet...“

„Dolivet?“

„Der ehemalige Kollege, von dem Sie am Telefon gesprochen haben...“

„Ach ja! Sprechen wir nicht mehr darüber, mein Lieber.“

Ich setzte mich und stopfte mir eine Pfeife.

„Warum?“

„Darum. Ich dachte, es wär einer von Ihren Männern gewesen. War's aber nicht. Ich dachte, Sie wollten mir einen Streich spielen. Wollten Sie aber nicht. Damit ist der Fall für mich erledigt.“

Ich gähnte. Beinahe hätte er mir's nachgemacht, konnte sich aber noch so eben bremsen.

„Erzählen Sie mir doch noch einmal, wie das war“, schlug er in aller Gemütlichkeit vor.

Ich warf ihm einen schrägen Blick zu:

„Irgendwas nicht in Ordnung?“
„Erzählen Sie erst mal.“
Ich tat es.
„Gut“, sagte er. „Wann war das?“
„Ach, wissen Sie ... es war dunkel.“
„Und Sie waren blau?“
„Ziemlich, ja.“
„Und der Kerl auch?“
„Ja, bestimmt.“
Er seufzte:
„Ist vielleicht gar nicht mein Mann.“
„Hätten Sie früher dran denken können“, lachte ich wie ein Steuerzahler, dessen letzte Pfennige verschleudert werden.
Faroux zuckte nur die Achseln. Er kramte in seinem Umschlag, den er wie das Allerheiligste behandelte. Endlich zog er ein Foto raus und reichte es mir. Ich sah das Gesicht eines Mannes, auf das Rebouls Beschreibung paßte, nur vielleicht etwas jünger.
„Das ist Dolivet“, sagte Faroux.
Ich schwieg.
„Nun?“
Ich fragte: „Haben Sie kein neueres?“
Er kicherte:
„O doch! Ganz frisch. Es wurde vor ein paar Stunden gemacht.“ Er holte aus seinem kostbaren Umschlag zwei weitere Fotos, großformatig, glänzend, ganz frisch, so frisch, daß sie sich von alleine zusammenrollten. Auf dem einen sah man den Mann vom Kopf bis zu den Füßen, auf denen er aber nicht stand. Auf dem zweiten war nur sein Gesicht zu sehen. Das, was man bei Kunstdrucken einen Ausschnitt nennt. Aber Kunst ... na ja. Der Mann hatte vielleicht ein Gesicht!
Hélène war aufgestanden, um auch was zu sehen. Sie stieß einen leisen Schrei aus.
„Scheiße!“ zischte ich.
„Ja“, stimmte Faroux mir zuckersüß zu. „Das hat der bestimmt auch gesagt. Er hatte überhaupt keine Manieren.“

Zwischen dem Mann, der von allen Seiten fotografiert worden war, und einem leckeren Hammelragout gab es nur einen feinen Unterschied: Hammelragout wird heiß serviert.

* * *

Der Kommissar sammelte seine Bildchen wieder ein.

„Ist er's, oder ist er's nicht?" fragte er.

Ich wechselte einen flüchtigen Blick mit Hélène.

„Er ist's. Also wirklich! Und Sie wollten ein Wörtchen mit ihm reden! Was ist passiert?"

„Zwei Kugeln aus einer 22er mit langem Lauf mitten ins Gesicht."

Ich biß die Zähne zusammen. Zum Glück erholte ich mich schnell wieder. Spezialität des Hauses. Ich fing an zu lachen, fischte meine Kanone aus der Tasche und hielt sie Faroux unter die Nase:

„Ich war's nicht."

Er schob die Waffe zur Seite.

„Halten Sie die Luft an. Erstens beweist das gar nichts. Und zweitens verdächtigt Sie niemand... Wir haben den Mörder schon."

„Sie sind aber schnell", bemerkte Hélène.

„Er hat bei sich zu Hause auf uns gewartet."

„Ach ja?" sagte ich.

„Lemeunier, der Erpresser."

Ich holte den *Crépu* raus:

„Aber... aber der ist doch auch tot!"

„Sie haben sich sozusagen gegenseitig umgebracht."

„Hm... und... und was hab ich damit zu tun?"

„Nichts. Hoffe ich wenigstens. Aber mir kam es komisch vor, daß Sie in der Mordnacht mit Dolivet Streit hatten..."

„Streit ist etwas übertrieben."

„Na ja, er ist Ihnen auf den Wecker gefallen."

„Ein ehemaliger Flic, klar."

„Und er war blau?"

„Machte den Eindruck."

„Der Arzt sagt, er hatte nichts getrunken... War er alleine?"

Ich gähnte, so als quälte mich ein Kater:

„Ich hab ihn doppelt gesehen."

„Keine weiteren Beobachtungen?"

„Hab keine gemacht... Sagen Sie mal..."

Ich klopfte auf die Ausgabe des *Crépu:*

„... Lemeunier... Von ihm ist die Rede, aber über Dolivet steht nichts drin..."

Faroux seufzte:

„Ein dreckiger Hurensohn, war aber mal in unserm Laden. Deswegen sind wir vorsichtig. Man hat seine Leiche vor der von Lemeunier gefunden. Als Sie mich angerufen haben, wußte ich noch nichts davon. Die Kollegen haben den Braten gerochen und vorsichtshalber den Mund gehalten..."

„Die haben sich also gegenseitig umgebracht? Nicht Ihre Kollegen... ich meine Dolivet und Lemeunier."

„Scheint so. Die Kugeln in Dolivets Körper stammen aus Lemeuniers Waffe und umgekehrt."

„Na, was wollen Sie mehr? Die Gerechtigkeit hat gesiegt, wie man so sagt."

„Dummes Zeug. Wahrscheinlich hat sich das folgendermaßen abgespielt: Dolivet und Lemeunier kannten sich. Keine Spuren eines Einbruchs in der Rue Feydeau. Lemeunier beschäftigte alle möglichen Leute. Dolivet besaß alle nötigen Eigenschaften, um mit einem Erpresser zusammenzuarbeiten. Ein ehemaliger Flic weiß 'ne Menge. Gestern gab's Streit. Vielleicht verlangte Dolivet Geld. Lemeunier war geizig. Schußwechsel. Lemeunier blieb auf der Strecke. Dolivet schleppte sich zum Square Louvois, wo er heimlich, still und leise krepierte, in einem Haus, das gerade renoviert wird. Die Maurer haben ihn heute morgen auf der Baustelle gefunden. Sie sehen, er ist nicht sehr weit gekommen. Vielleicht mußte er sich vor einem besoffenen Radfahrer dort verstecken, und dann konnte er nicht mehr weiter. Außer Ausweis und Revolver hatte er zehntausend Francs bei sich. Sicher bei Lemeunier geklaut."

„Klingt einleuchtend."

„Klar und einleuchtend. Nur..."

Er schlug sich mit der rechten Faust in die linke Handfläche.

„... Kann sein, daß ich dummes Zeug rede. Dolivet war ein Freund von Péronnet. Na ja... Herrgott nochmal! Normalerweise führe ich meine Untersuchungen, ohne herumzuspinnen. Aber sobald Péronnet auftaucht, fange ich an, dummes Zeug zu reden..."

Ich lächelte:

„Péronnet und Nestor Burma."

„Was?"

„Also, ich weiß nicht, aber... Dolivet will mit mir in einem Bistro Streit anfangen, dann stirbt er ganz in der Nähe meiner Agentur, vielleicht betätigte er sich als Privatdetektiv..."

Faroux wurde rot.

„Sie unterstellen mir da seltsame Hintergedanken, Burma."

„Was anderes fällt mir nicht ein. Also, arbeitete er nun als Privater oder nicht?"

„Weiß ich nicht. Meine Leute prüfen das nach. Man darf nichts außer acht lassen."

„Auch nicht Nestors krumme Touren. Eins kann ich Ihnen jedenfalls versichern, Faroux: für mich hat er nicht gearbeitet."

„Ich sage es noch mal: Sie unterstellen mir Hintergedanken, die ich nicht habe."

„Dann geben Sie mir diese Hintergedanken wieder zurück, ohne Hintergedanken. Dann sind wir quitt."

„Gerne... Der macht mich noch wahnsinnig, dieser Péronnet. Es gelingt mir nicht, ihn zu verhaften. Ich werd so langsam zum Gespött. Verstehen Sie, Dolivet hat bei seinem Ausbruch nachgeholfen. Dolivet war einer seiner Freunde. Es ist nicht Péronnets Art, seine Freunde im Stich zu lassen. Wenn Dolivet Geld gebraucht hätte, hätte er's ihm gegeben. Dolivet mußte nicht bei Lemeunier einbrechen..."

„Gestatten Sie mir die Bemerkung, Florimond, aber da reden Sie wieder Unsinn. Freundschaften dauern nicht ewig. Jedenfalls nicht solche. Dolivet und Péronnet hatten vielleicht schon länger als eine Ewigkeit nichts mehr miteinander zu tun."

„Möglich..."

Er stand auf, seine Wundertüte unterm Arm:

„Und was den Vorfall im Bistro betrifft..."

„...hab ich Ihnen alles gesagt. Alles abgehakt."

Er zuckte die Achseln:

„Gut. Tut mir trotzdem nicht leid, daß ich gekommen bin. Gibt nichts Besseres, als sich mit einem Verrückten zu unterhalten, um wieder zur Vernunft zu kommen."

„Hab ich Ihnen etwa einen Tip gegeben, ohne es zu wollen?"

„Überhaupt nicht. Nur den, daß ich mich zu sehr auf Péronnet versteift habe."

Als er weg war, mußte ich mir den Schweiß von der Stirn wischen. Lächelnd sagte ich zu Hélène:

„Uff! Ein dicker Hund ist unsere Katze..."

„Bedient, hm?"

„Restlos. Gehen wir essen. Beim Dessert käuen wir das Ganze wider..."

* * *

„Reboul hat recht", sagte ich beim Kirschdessert. „'ne komische Geschichte. Also: Lévyberg wird erpreßt. Nennen wir's mal so. Er gibt eine Anzeige für diesen ‚Marceau' auf. Der verabredet sich mit meiner verstellten Stimme mit ihm in dem Bistro in der Rue Beauregard. Lévyberg gibt die Verabredung an den Privatdetektiv weiter, den er engagiert hat, auch wenn er das Gegenteil behauptet. Wir müssen unbedingt rauskriegen, wer das ist. Ich dachte erst, das wär nicht nötig, aber jetzt bin ich anderer Meinung. Reboul ist im Augenblick auf der Jagd nach Informationen über Lévyberg. Sobald er damit fertig ist, müssen wir ihn darauf ansetzen..."

Hélène kam ihrer Aufgabe als Sekretärin nach und notierte die Anweisungen.

„Weiter. Der Privatdetektiv schickt einen seiner Mitarbeiter zu der Verabredung: Dolivet. Der ruft im Puff an, daß keiner da ist..."

„Könnten Sie nicht ein anderes Wort gebrauchen?" protestierte Hélène.

„Hören Sie, mein Schatz. In meinem Kopf dreht sich sowieso schon alles. Jetzt auch noch übersetzen. Also gut, sagen wir: im Dingsbums. Er ruft im Dingsbums an."

Ich wartete auf eine Eingebung.

„Und dann?"

„Dann?... Äh... äh... Er geht zu Lemeunier, um ihn umzulegen. Leuchtet ein, hm?" lachte ich säuerlich. „Also, mir ist bei dem Ganzen nur eins klar: Lévyberg hat Pech gehabt. Was ihm passiert ist, passiert nur alle Jubeljahre einmal. Aber an dem Tag standen die Sterne wohl ungünstig. Um sich gegen die Erpresser zu schützen oder mit ihnen zu verhandeln, hat er sich an eben diese Erpresser gewandt. Bei einem anderen Namen würd ich sagen: typisch französisch. Fazit: steht alles auf genauso wackligen Beinen wie die Leichen von Lemeunier und Dolivet..."

„Sie sollten was Besseres finden", sagte Hélène.

„Werd's versuchen. Ich... Himmel, Arsch und Zwirn!..."

Vor Aufregung schluckte ich eine Kirsche runter, die ich im Mund hin und her gedreht hatte, um mein Gehirn in Gang zu bringen.

„... Herrgott im Himmel! Nehmen wir mal an, so gewagt und verrückt das auch klingt, Lemeunier, Dolivet und sein Chef machen gemeinsame Sache, was Lévyberg betrifft. Mein Telefonanruf, angeblich von ‚Marceau', hat einen schweren Stein ins Rollen gebracht. Sie mußten sich fragen, wer sich da einmischte. Der entlassene Flic streckt erst mal die Fühler in der Rue Beauregard aus... ins Leere. Sein Chef in der Rue de la Lune vermutet einen Trick von Lemeunier. Mitten in der Nacht fahren sie hin. Stürmische Debatte. Der Erpresser kommt in dem Sturm um. Dolivet ist schwerverletzt. Man bringt ihn ins Dingsbums. Dort kratzt er ab. Trauer im Freudenhaus. Sie kamen wohl gerade von ihrem kleinen Ausflug wieder, als ich weggehen wollte. Der Portier hatte sicher mitgeholfen, den Sterbenden in ein Zimmer zu bringen, wegen des Blutflecks auf seinem Hemd. Danach haben sie ihn zu zweit in einen Wagen gesetzt, was ich als blindes Huhn mitgekriegt hab, um ihn später auf die Baustelle am Square Louvois zu werfen. Die Flics fanden die Mordwaffe und Geld bei ihm. Das sollte sie auf eine falsche Fährte locken."

„Und jetzt sieht das blinde Huhn klarer?"

„Klar ist vielleicht etwas übertrieben. Jedenfalls nicht mehr ganz so blind. Hélène, wir müssen rauskriegen, für wen Dolivet gearbeitet hat. Die Dokumente, mit denen Lévyberg erpreßt wird, sind nicht mehr bei Lemeunier. Auch nicht bei dem rausgeschmissenen Flic. Dolivets Chef hat sie."

„Und wenn Péronnet Dolivets Chef war?"

„Ich bitte Sie! Sie haben schon denselben Tick wie Faroux. Paßt gar nicht zu Ihrem hübschen Gesichtchen... Vielleicht kann ich von Marion was erfahren. Werd sie mal interviewen."

„Marion?"

„Eine rothaarige Schönheit."

„Typ Rita Hayworth?"

„Typ Porte Saint-Denis."

* * *

Sobald ich im Büro war, rief ich das Bistro in der Rue du Ponceau an und verlangte Marion. Wer? Martin. Der Kerl am anderen Ende sagte mit kehliger Stimme, ich solle nicht auflegen. Ich legte nicht auf. Gedämpfter Lärm drang an mein Ohr. Schließlich:

„Hallo!"

Marion.

„Hier Martin", sagte ich. „Von gestern abend."

Grundlos entrüstet, verzog Hélène das Gesicht und legte die Hände auf ihre zarten Ohren.

„Ach ja, sicher", gurrte Marion. „Tag, Schätzchen."
„Tag, Schätzchen. Können wir uns sehen?"
„Wann?"
„Heute."
Sie kicherte blöd.
„So sehr gefall ich dir?"
„Mißfällst mir nicht gerade. Hab ich dir doch schon gesagt."
„Und bestimmt auch bewiesen", redete Hélène dazwischen.
„Ich dachte, Sie hören nichts", lachte ich.
„Was erzählst du da?" fragte Marion am anderen Ende.
„Nichts. Ich führ Selbstgespräche. Die Aufregung. Nun, klappt's heute?"
„Gut...äh... Sagen wir fünf Uhr?"
„Die Uhrzeit für Ehebruch. Paßt mir gut. Wo um fünf Uhr?"
„Rue Montorgueil..."
Sie sagte die Nummer. Ich notierte nichts, wiederholte nur alles. Das reichte.
„...Ich hab ein hübsches kleines Nest unter den Dächern", erläuterte sie. „Werd meinen Namen auf einen Zettel schreiben und an die Tür hängen. Gar nicht zu verfehlen. Aber auch tatsächlich kommen, hm, Schätzchen?"
„Natürlich komm ich. Bis bald, Schätzchen."
Ich legte auf. Mein kleines Täubchen in dem kleinen Nest! Werde kommen und dich rupfen, falls Federn da sind. Kleiner Dummkopf! Na ja, ich bin drauf angewiesen.
„Schätzchen!" prustete Hélène. „Schätzchen hier, Schätzchen da!"
„Schätzchen in Amerika!" alberte ich weiter.
„Ich bin zu Tränen gerührt!"
„Wie soll das denn ohne Schätzchen ablaufen? Und erst mal in der Rue Montorgueil!"
Hélène zuckte die Achseln, setzte sich an die *Underwood* und hackte wie 'ne Wahnsinnige drauf rum. Ich wußte, was sie

schrieb. Wüste Beschimpfungen für Nestor. Meine Sekretärin schmollte und grollte.

Ich ging in mein Allerheiligstes und schloß die Tür hinter mir. Ich mußte überlegen. Es kam aber nichts. Noch nicht mal irgendein Lebenszeichen von Reboul oder Zavatter. Um vier Uhr herrschte immer noch das große Schweigen. Ich dachte an meine Brieftasche, die leer war wie mein Kopf. Ich steckte Geld ein für Marions Sparschwein. Etwas. Nicht zu viel. Genug, um das Mädchen angemessen zu bezahlen, falls sie noch was anderes für mich auf Lager hatte als eine gewagte Stellung. Dann setzte ich meinen Hut auf und machte mich auf den Weg zu den versprochenen Genüssen, für den Mann und für den Detektiv.

„Auf Wiedersehen, Hélène“, sagte ich, als ich an meiner Sekretärin vorbeiging.

Die Schreibmaschine antwortete aus vollem Halse für sie. Kein freundliches Wort für Nestor.

7

Hübsch in der Falle

Daß eine Hure wie Marion in einem so alten, heruntergekommenen Haus wohnte, war nur durch die allgemeine Wohnungsnot zu erklären. Na ja, egal. Ich kam nicht wegen der Umgebung hierher. Niemand kam zu ihr, weil er sich von der Umgebung angezogen fühlte.

Die Concierge in ihrer Loge hinten im kleinen Innenhof interessierte sich für nichts anderes als für die Schnulze, die aus ihrem Radio dudelte.

Ich ging die steile, saubere Treppe rauf, ohne einer Menschenseele zu begegnen. Nur ein dicker Kater in der zweiten Etage lag behaglich auf einer Stufe und ließ sich auch durch mich nicht stören. Ein schwerer Brocken. Ich mußte über ihn hinwegsteigen und schielte ihn dabei böse an. Seit heute morgen war ich diesen kratzenden Viechern gegenüber mißtrauisch. In der Etage darüber lag aber keine Leiche. Also war das mal kein Leichenkater. Oder es war nicht die richtige Uhrzeit dafür. In der obersten Etage war Musik zu hören. Kein Radio. Schallplattenmusik. Kein Trauermarsch. Ein Walzer. Kam hinter einer Tür hervor, an deren Rahmen ein Zettel hing. Darauf, mit Lippenstift geschrieben, in flammend roten Buchstaben ein knalliges *Marion.*

Die Musik verstummte. Stille, die fast sofort wieder unterbrochen wurde. Eine durstige Türangel schrie nach Öl. Ganz hinten in dem langen Flur stand eine Tür sperrangelweit auf. Ein Luftzug hatte sie bewegt. Argwöhnisch neugierig ging ich hin und sah nach. Eine Art Rumpelkammer, in die durch eine Dachluke mit zerbrochenen Scheiben etwas Tageslicht fiel. Zuviel Arbeit wäre nötig gewesen, um diesen Raum bewohnbar zu machen. In einer Ecke stapelten sich die Sandsäcke für den zivilen Luftschutz, bereit für den nächsten Einsatz. Auf ihnen lag friedlicher Staub. Nichts Beunruhigendes. Ich ging wieder zu der Tür meiner heimlichen Sehnsüchte zurück und klopfte ein paarmal kurz, wie bei einer Verschwörung. Als Antwort darauf sah ich Marion im Gegenlicht, in einem durchsichtigen Negligé. Sehr aufreizend.

Sie würzte ihre Begrüßungsworte mit dem üblichen ‚Schätzchen', was Hélène immer so sehr ärgerte. Ich folgte Marion in das kleine Nest, das sie mir schon angepriesen hatte. Hübsch und kuschelig. Früher waren das zwei Dienstmädchenzimmer gewesen. Jetzt hatte man die Zwischenwand rausgehauen, so daß es ein einziger Raum war, immer noch recht klein, aber bewohnbar. Das Parfüm, das in der Luft hing, erinnerte nur sehr entfernt an die braven Mädchen vom Lande, die damals hier geschnarcht hatten. Allerdings haben die sich seitdem auch ganz schön verändert.

Die Hälfte des Fußbodens war von einem billigen, aber nicht geschmacklosen Teppich bedeckt. Von der Wand grinsten Boxer und Filmstars, mit Heftzwecken befestigt. Das Mobiliar war ziemlich dürftig. Drei Stühle, ein Sessel, ein kleiner, niedriger Tisch. Der Schallplattenapparat stand auf dem Fußboden, neben dem Bett. Das allerdings war riesig.

In der Dachrinne zankten sich Spatzen und kreischten wie verrückt. Manchmal flog einer am Dachfenster vorbei und verdunkelte den Himmel von Paris.

Marion schaltete den Plattenapparat wieder ein. Ich wikkelte die Flasche Aperitif aus dem Seidenpapier. Das Ereignis mußte begossen werden. Während ich meine Jacke auszog, öffnete Marion die Flasche. Sie rauschte durch den Raum und machte mit ihrem Gezwitscher den Spatzen Konkurrenz. In einer kleinen Küche, nicht größer als ein Besenschrank, spülte sie zwei Gläser, in die viel hineinging. Dann setzte sie sich neben mich, und wir fingen an, einen zu heben.

„Gut", sagte ich nach einer Weile.

Bis jetzt hatte ich meine Rolle als seriöser Kunde tadellos gespielt, so mit Geld rausrücken und allem drum und dran, korrekt wie ein ungehobelter Bauernlümmel. Jetzt ging ich so langsam zu ernsthafteren Dingen über.

„...Ist doch besser so, als diesen Gaunern Geld in den

Rachen zu werfen, diesen Puffmuttern und dem ganzen Gesindel, oder?"

„Aber ja, Schätzchen", stimmte Marion zu.

„Was sind das eigentlich für Kerle?"

„Welche Kerle?"

„Die *Chevaliers de la Lune*. Die Inhaber, wenn dir das besser gefällt."

„M'ame Joseph. Hast du noch nie von M'ame Joseph gehört?"

Sie stand auf und füllte unsere Gläser. Ich nahm das Glas, das sie mir reichte, und trank.

„M'ame Joseph?" frage ich. „Nein. Ist das der Boß im Nylonslip?"

„Im Baumwollslip", sagte Marion und lachte nervös auf.

„Komm her, Schätzchen", sagte ich.

Ich saß auf dem Bettvorleger, den Rücken gegen die Bettpfosten, die Pfeife im Mund und das Glas in der Hand. Marion stand vor mir. Ich stellte das Glas auf den Teppich und streckte ihr einen Arm entgegen. Meine Hand berührte leicht ihr Bein. Mit einem seltsamen Lachen trat Marion zurück. Verflixtes Luder! Sie bot ihren Kunden was fürs Geld! Verspielt wie eine Katze. Aber, verdammt nochmal! Das war jetzt nicht der richtige Augenblick. Ich stand auf.

Sehr weit weg, an meinen Füßen, kippte ein Glas um und zerbrach. Das Zimmer wurde immer kleiner. Durch die Dachluke kam plötzlich nur noch dünne Luft. Die Vögel machten einen ohrenbetäubenden Lärm.

„Was ist los?" murmelte ich.

Ich stolperte nach vorn. Mein Blick verschleierte sich, aber noch nicht völlig. Durch trübes Aquariumwasser sah ich Marion. Sie stand in der anderen Ecke des Zimmers, schien an die Wand genagelt zu sein. Ich tat noch zwei Schritte nach vorn. Noch zwei. Das Mädchen hatte die Augen weit aufgerissen vor Angst. Noch zwei Schritte, die Arme nach vorn gestreckt, wie ein Schlafwandler. Ich sah nichts mehr, ging nach Gefühl weiter, klammerte mich an ihre Schultern. Dann sackte ich zusammen, meine kraftlosen Finger glitten ihre nackte Haut hinunter, ich stürzte nach vorn, mein Gesicht landete zwischen ihren Brüsten, zwei aufgerichteten Kugeln, warm und duftend. Ihr Herz schlug wie verrückt. Der Duft verflog. Übrig blieb nur noch der scharfe Schweißgeruch der Rothaarigen.

Von diesem Geruch alleine kippte ich aber nicht aus den Latschen. Man hatte mir irgendeine Schweinerei in den Aperitif gekippt. Ich merkte es zwar etwas später, aber immerhin merkte ich's. Besser, als überhaupt nichts zu merken.

* * *

Im Traum umkreisten mich Tausende von Katzen. Um die bedrohlichen Tiere zu besänftigen, fing ich an, ihnen das Gedicht von Baudelaire vorzutragen. Aber ich konnte mich nur noch an Versfetzen erinnern. Plötzlich sprang mich eine Katze an und kratzte mich am Arm. Vielleicht, um mich zum Schweigen zu bringen. Ich hatte Schmerzen, wurde in eine Stadt gebracht, die ich nicht kannte... die Katzen immer hinter mir her. Ich flüchtete vor ihnen, hatte ein bestimmtes Ziel. Ich suchte einen Mann namens Baudelaire. Dabei kam ich in eine finstere schmale, stinkende Straße, in der der Dichter wohnen mußte. Vor einem bestimmten Haus blieb ich stehen. Ich wußte, daß er hier wohnte. An einem Eisengestänge hing ein Schild, das vom Wind hin und her bewegt wurde und wie eine Wetterfahne quietschte... Ich sprang hoch, entwischte den Katzen, ergriff mit beiden Händen das klagende Schild.

Die Katzen waren verschwunden. Ich hörte noch die Vögel. Sogar im Bauch der Katzen sangen sie weiter. Ich öffnete die Augen.

Ich lag flach auf dem Bauch, das Gesicht auf dem Teppich, die Arme nach vorne gestreckt. Als ich meinen Kopf drehte, sah ich zuerst Glassplitter, eine kaputte Schallplatte und eine intakte Injektionsspritze. Etwas weiter weg, neben dem umgekippten Schallplattenapparat, lagen meine Kleider auf einem Haufen. Allem Anschein nach war ich nackt wie ein Wurm. Meine Arme waren wie taub. Ich bewegte meine Finger. Meine linke Hand umklammerte eine Brust von Marion, die andere ein Stück Leder. Marion war ebenfalls fast nackt, aber weniger als das letzte Mal. Über ihrem Strumpfhalter lag ein breiter Gürtel aus gelbem Leder um ihre Taille, gespickt mit langen Stacheln. Als Schmuck trug sie, außer einer Halskette, an Hand- und Fußgelenken Eisenfesseln, die durch Ketten verbunden waren. Ich kannte diese Aufmachung. „Tantalus", das Programm für Masochisten. Aus dem Katalog einer Firma, die vor dem Krieg Reizwäsche und andere erotische Artikel geführt hatte. So ausstaffiert, lag Marion auf dem Rükken, das Gesicht durch ihr zerzaustes Haar verdeckt, die Beine in den Nylonstrümpfen unanständig gespreizt. Wozu sollte das gut sein? Sie würde in Zukunft niemand mehr erregen. Die Angestellten des Leichenschauhauses sind trotz ihres Berufes nicht nekrophil. Immer noch hielt ich ihre kalte Brust in meiner linken Hand. Ich zog meinen Arm zurück, was ein metallenes Geklapper hervorrief. Um mein Handgelenk schloß sich ein Eisenring, der durch eine Kette mit einer von Marions Handschellen verbunden war. Mein anderer Arm war frei. Es kostete mich jedoch große Anstrengung, meine starren Finger von dem Stück Leder loszureißen, das sie umklammerten. Es diente als Griff einer Stahlklinge, die ganz tief im Herzen des unglücklichen Mädchens steckte.

Die Spatzen in der Dachrinne schrien sich immer noch heiser. Die lebhaften Spatzen von Paris, flink und aufdringlich, die an den Mansardenfenstern der Midinettes um Brotkrumen betteln.

Ich richtete mich auf, blieb eine Weile auf meinen Knien hocken und rieb mir die Hände, wie um die Erinnerung an den unwirklichen, aber wirksamen Dolch aus meiner rechten Handfläche zu vertreiben. Bei jeder Bewegung stießen die Ketten aneinander und veranstalteten einen Lärm, der mir durch und durch ging. Ich kniete vor dem eiskalten Körper des Mädchens im „Tantalus"-Kostüm, als wollte ich beten.

Beten ist nicht gerade meine Stärke, aber vielleicht konnte ich im Augenblick nichts Besseres tun...

Doch. Abhauen!

Ich stellte mich auf meine zitternden Beine, konnte mich aber nicht ganz aufrichten. Die Kette, die mich an die Leiche fesselte, war zu kurz. Ich fiel wieder auf die Knie und versuchte, mich von meinem Armband zu befreien. Denkste! Ich hatte zuviel Schiß, um was Vernünftiges zustande zu bringen. Fühlte mich hundeelend und war schweißgebadet von den Haarwurzeln bis zu den Füßen. Ich mußte dieses Zimmer verlassen! Egal wie, egal womit! Mit Marion im Schlepptau ging ich zu meinen Kleidern und untersuchte sie. Man hatte mir nichts geklaut, weder Geld noch Revolver, nichts. So gut es ging, mehr schlecht als recht, zog ich meine Hose an, setzte mir den Hut auf. Die restlichen Kleider klemmte ich mir als Paket unter den Arm. Ich sah mich um. Was hatte ich mit meinen Fingern alles angefaßt? Dann ging ich im Zimmer umher, immer die tote Marion im Schlepptau, und wischte mit meinem Taschentuch alles ab, worauf Fingerabdrücke von mir sein konnten. Schließlich ging ich zur Tür, steckte noch schnell Tabaksbeutel und Pfeife ein, die auf einem Stuhl lagen. Vor der Tür machte ich eine Verschnaufpause und horchte. Kein Laut. Nichts Verdächtiges. Ich konnte versuchen, in der staubigen Rumpelkammer Zuflucht zu suchen und so immerhin Zeit zu gewinnen. Meine Hand drehte am Türknauf.

Ich erschauerte.

Der widerliche Schweiß von eben tropfte mir wieder dick und klebrig den Rücken runter und kitzelte mich. Mir war aber gar nicht zum Lachen zumute. Die Tür war abgeschlossen, der Schlüssel steckte aber nicht im Schloß.

Mir wurde schwindlig. Wenn das so weiterging, kippte ich gleich wieder um. Halb gebückt, lehnte ich mich gegen die Tür. Mein linker Arm baumelte hin und her, wodurch die Kette, die mich mit Marion verband, im Takt schepperte. Ich blickte hilflos um mich. Die Handtasche der Toten! Da, zum Teufel. Ich ging wieder mit Marion spazieren.

Plötzlich zog sie an der Kette wie ein störrischer Hund. Ich verlor das Gleichgewicht und fiel der Länge nach hin. Einer der verdammten Stacheln in ihrem Gürtel hatte sich am Bettpfosten verklemmt. Ich machte die Leiche wieder flott. Endlich hatte ich die Handtasche. Viel Krimskrams, aber auch ein Schlüssel. Lieber Gott oder böser Teufel, wer du auch bist, der du den Menschen Pech oder Glück bringst, mach, daß das der richtige Schlüssel ist! Vielleicht wäre das aber gar nicht so günstig. Der richtige Schlüssel in dieser Tasche bewies vielleicht, daß ich der Mörder war, ohne es zu wissen! Aber erst mal konnte ich durch ihn abhauen. Ich ging wieder zurück, besser gesagt, wir gingen wieder zurück, ich und meine Sträflingskugel aus leblosem Fleisch. Beinahe hätte ich vor Freude geschrien, so als wäre alles geregelt gewesen: Der Schlüssel paßte!

Gleich fühlte ich mich viel besser. Mit sicherer Hand öffnete ich die Tür. Das Haus war ruhig. Aus den unteren Etagen drangen die beruhigenden, friedlichen Geräusche häuslicher Betriebsamkeit herauf. Im Hausflur keine Menschenseele. Aber auch wenn er voller Leute gewesen wäre, ich glaube, ich wäre ohne Zögern hinausgestürzt, so eilig hatte ich es, aus diesem verhängnisvollen Zimmer zu flüchten. Automatisch schloß ich die Tür hinter mir ab und steckte den Schlüssel ein, zusammen mit dem Namensschild. Dann packte ich Marions Leiche, so gut ich konnte, immer bedroht von den tödlichen Stacheln ihres Gürtels. Halb trug ich sie, halb zog ich sie, stolpernd, keuchend, und erreichte endlich ohne weiteren Ärger das rettende Ufer, die Rumpelkammer mit den Sandsäcken. Ich hatte den Eindruck, daß ich eine Ewigkeit für die Strecke brauchte. Erleichtert ließ ich mich auf den Staub fallen, direkt neben mein trauriges Bündel. Ein jämmerliches Gefühl von Ekel überwältigte mich. Eine unwiderstehliche Lust zu kotzen und zu heulen.

Fluchend überstand ich diesen depressiven Anfall. Fast fühlte ich mich sicher in dem Loch voller Spinnen. Eine trügerische Sicherheit. Es war keine Zeit zu verlieren. Gleich gab's

Abendessen, und dann würde das Haus vor Menschen nur so wimmeln. Ich machte einen neuen Anlauf, um mich von meiner Handfessel zu befreien. War aber nicht erfolgreicher als vorher. Plötzlich mußte ich meine Anstrengungen unterbrechen: Eine Frau kam in die oberste Etage, bemüht, das Klappern ihrer Absätze zu dämpfen, was ihr aber nicht völlig gelang.

Eine Freundin von Marion?

Ich hielt den Atem an, erstarrt, auf der Lauer, hörte sie hin und her gehen, so als wäre sie nicht sicher, wohin sie wollte, so als irrte sie auf gut Glück umher. Und genau in diesem Moment bewegte ein plötzlicher Windstoß die Tür meines Verstecks. Die rostigen Scharniere fingen an zu jaulen. Stutzig geworden, blieb die Frau in dem langen Flur stehen.

Erst wollte ich zum Revolver greifen. Eine unüberlegte Reaktion. Meine Situation war sowieso nicht gerade blendend. Ich mußte sie nicht noch schlimmer machen. Also vergaß ich den Gedanken an mein Schießeisen und wartete, auf alles gefaßt. Diesmal war Nestor reif. Ich schickte mich ins Unvermeidliche.

Die Tür lachte wieder ihr rostiges Lachen. Ich spürte deutlich, daß hinter ihr ein menschliches Wesen stand. Ein leichtes Parfüm kitzelte mich in der Nase, die wie bei einem angeschossenen Reh zitterte. Das Parfüm kannte ich doch! Manchmal meint man, noch einen Hoffnungsschimmer zu sehen. Oder ein Wunder. Eine Fata Morgana, produziert von einem erschöpften Hirn. Ich hob den Kopf; die Tür wurde weiter geöffnet, dann stand eine weibliche Gestalt im Rahmen. Als die Frau das originelle Uhrzeigermotiv sah, das Marion und ich bildeten, hob sie schnell ihre Hand an den Mund, um einen Schrei zu unterdrücken. Dann schluckte sie ungläubig und taumelte.

„Um Gottes willen!“ flehte ich sie an. Fast schluchzte ich. „Kippen Sie bloß nicht um! Dafür ist jetzt keine Zeit, mein Schatz!“

* * *

„Großer Gott!" flüsterte Hélène und kam näher.

Sie hatte zwar den Mut aufgebracht, in die Rumpelkammer zu gehen, wo sie irgendetwas vermutet hatte. Aber jetzt zitterte sie wie Espenlaub. Sie konnte ihren entsetzten Blick nicht von der Prostituierten in dem seltsamen Aufzug abwenden.

„Großer Gott! Das ist ja schlimmer, als ich dachte..."

„Waren Sie auf eine Tragödie gefaßt?"

„Ach, nein, ich... Sie... Marion?"

„Ja."

„Ist sie... ist sie tot?"

„Bei solch einem Büstenhalter bleibt einem die Luft weg..."

Die lange Stahlklinge steckte noch immer in der Brust, zu tief drin, um rauszurutschen, selbst nicht nach den Turnübungen, die ich der Leiche zugemutet hatte.

„... Ja, sie ist tot. Aber ich war's nicht. Ich war nur mit ihr eingeschlossen. Der Schlüssel war im Zimmer, ich war's aber trotzdem nicht."

„Und dieses... diese Stachel..."

„Kostüm für die Sadomaso-Nummer. Wenn wir hier heil rauskommen, geb ich Ihnen einen aus."

„Vielen Dank. Also los, Chef, kommen Sie! Wir müssen hier weg!"

„Das sag ich mir auch schon die ganze Zeit. Weiter komm ich aber nicht. Sie müssen das Denken übernehmen, Hélène. Nestor ist fix und fertig. Schauen Sie mal... Sie haben noch nicht alles gesehen..."

Ich zeigte ihr, daß ich an die Leiche gekettet war.

„... Die Taxifahrer mögen Gepäck sowieso schon nicht. Und dann so was hier... Hab versucht, sie loszuwerden. Fehlanzeige! Versuchen Sie mal Ihr Glück, meine Liebe. Sie haben beide Hände frei. Man sollte die Kette durchschießen, aber das wär vielleicht etwas laut. Ich..."

„Halten Sie den Mund."

Sie hockte sich hin. Ihr Rock fegte über den staubigen

Boden. Sie nahm eine Nagelfeile aus ihrer Handtasche und machte sich an meiner Eisenfessel zu schaffen, was ein wenig lächerlich wirkte; sie versuchte nämlich, ihren Blick von der nicht zu übersehenden Leiche abzuwenden. Die Nagelfeile ging natürlich sofort kaputt. War ja auch für zivilisierteren Gebrauch bestimmt. Ich suchte meinen Revolver.

„Also los“, sagte ich. „Dann eben mit Krach. Ich glaube, daß …“

„Halten Sie den Mund“, wiederholte Hélène.

Nervös biß sie sich auf die Lippen und blickte sich suchend in dem Raum um. Dann ging sie in die Ecke, wo der Sand für den zivilen Luftschutz lag, und fing an, darin zu wühlen. Plötzlich stieß sie einen Freudenschrei aus. Sie kam mit einer alten Zange zu mir zurück, die zwar verbogen und locker, aber durchaus noch zu gebrauchen war. Diese Ketten und Handschellen sind nicht gerade aus hartem Stahl. Taugen eben nur für sexuelle Ausschweifungen.

„Ich bin ja ganz schön intelligent“, versuchte ich einen Witz. „Gehe zu einem Rendezvous zum Freundschaftspreis, ohne mir träumen zu lassen, daß ich in dem Puff gesehen worden bin und mir eine Falle gestellt werden könnte. Laß mich sogar zweimal reinlegen. Mach ’ne Kutschfahrt, mit ’ner Leiche als Kutsche. Denke an alles Mögliche, aber nicht an so was wie diese Zange. Vielleicht bin ich auch zu intelligent. Eine Zange, die Idee ist zu einfach, eines Genies wie Nestor Burma nicht würdig.“

„Halten Sie doch endlich mal den Mund“, befahl mir Hélène noch einmal. „Mir gefällt Ihre Stimme nicht. Man könnte meinen, Sie phantasieren.“

„Gut möglich. Ich bin wenigstens auf zwei Arten betäubt worden. Zum Glück ist Nestor nicht kleinzukriegen. Das muß am Alkohol und am Tabak liegen. Diese beiden Gifte machen immun gegen andere.“ Sie sah mich flehend an, und ich hielt die Klappe. Die Zange in den sanften, zarten Händen meiner Sekretärin vollbrachten das Wunder. Ich verlor zwar etwas Fell bei der Operation, aber die Eisenfessel gab endlich nach.

„Und jetzt nichts wie weg", sagte Hélène.

Ich betrachtete die sterblichen Überreste der armen Marion.

„Wir müssen sie noch abschminken", sagte ich.

„Sie phantasieren schon wieder."

„Meine Fingerabdrücke...auf diesen Stacheln und dem Leder...hab überall welche hinterlassen..."

„Mein Gott!" stöhnte Hélène. „Wir werden hier nie fertig..."

Während ich mich hastig anzog, überwand Hélène ihren Ekel und fing an, mit ihrem Taschentuch an allen Stellen herumzuwienern, an denen meine Fingerabdrücke sein konnten. Man hätte meinen können, sie wollte den ersten Preis gewinnen. Als sie ihre traurige Putzerei beendet hatte, beugte ich mich über Marion und schloß ihr die Augen. Sie hatte genug Schweinereien gesehen. Tot und lebendig.

8

Puzzlespiel

Als ich aufwachte, lag ich in einem fremden Bett. Das Zimmer kam mir bekannt vor, war aber auch nicht meins. Obwohl es hier ziemlich dunkel war, war ich mir dessen sicher. Zuviel Parfüm, zu weiblich. Es sei denn, ich hatte das Geschlecht gewechselt, wie es in letzter Zeit modern ist. Ich ging ganz schön wüst mit meinem Körper um... Bei Marion, zum Beispiel! Großer Gott! Marion! Unmöglich! Ich war das Opfer eines schrecklichen Alptraums gewesen, bestimmt weil ich diesen Mordsrausch gehabt und dann das Bett gewechselt hatte. Fieber und Kopfschmerzen gaben eine deutliche Antwort. Jetzt merkte ich auch, weshalb ich aufgewacht war: Jemand war ins Zimmer getreten. Ich knurrte vor mich hin. Dieser Besucher, übrigens eine Besucherin, kam an mein Bett und nahm meine Hand:

„Geht's besser, Chef?" erkundigte sich Hélènes sanfte Stimme.

„Geht so...na ja, so ungefähr...weil...äh...also hab ich geträumt?"

„Leider nein."

Ich sah mich wieder die Treppe des Unglückshauses runtergehen, wie im Nebel, von meiner Sekretärin ab- und aufs Geländer aufgestützt, völlig fertig, mehr schlecht als recht gegen Schwindel und Übelkeit ankämpfend. Ich glaube, wir begegneten niemandem im Treppenhaus. Hinter jeder Tür hörte man nur das Klappern von Tellern und Löffeln, die fürs Abendbrot zurechtgelegt wurden. Auf der Rue Montorgueil mischten wir uns unters Volk. Es herrschte immer noch reges Treiben. Hausfrauen, die spät dran waren, stürzten sich auf die Auslagen, die die Händler lauthals anpriesen. Wir müssen wohl vor dem Pressegebäude ein Taxi genommen haben... aber genau wußte ich das nicht mehr...

„...Und jetzt bin ich bei Ihnen, wenn ich das recht sehe?"

„Sie kapieren immer noch schnell."

Ich lachte:

„Von wegen! Vor allem seit einigen Tagen... Wenn das Wasser die erste Plattform des Eiffelturms erreicht, halte ich es nicht mehr für ausgeschlossen, daß die Seine möglicherweise Hochwasser führen könnte. Ganz schön dynamisch, hm?... Verflixt nochmal! Was wird Ihre Concierge denken?"

„Im allgemeinen denkt sie nicht."

„Würde gern mit ihr tauschen. Ich komm nämlich schon wieder ins Grübeln... Wie spät ist es?"

„Bald ein Uhr. Kurz nach Mittag. Sie haben ungefähr fünfzehn Stunden geschlafen."

Sie zog die Vorhänge zurück. Tageslicht beleidigte meine müden Augen.

„So kommt man also in das hübsche Heiabettchen eines kleinen braven Mädchens? Also wirklich..."

„Kommen Sie bloß nicht auf krumme Gedanken! Ich hab Sie nur hergebracht, damit Florimond Faroux Sie nicht womöglich noch schikaniert. Man kann nie wissen. War aber gar nicht nötig, weder die Vorsicht noch die sauberen Laken. Faroux ist nicht aufgetaucht. Wenigstens nicht im Büro..."

„Auf krumme Gedanken komm ich bestimmt nicht. Bin viel zu kaputt. Aber Sie hoffentlich auch nicht, Hélène! Ich habe das arme Mädchen nicht umgebracht. Zweifeln Sie daran?"

„Nein. Aber Sie müssen vorsichtig sein."

„Richtig. Übrigens, haben Sie Zeitungen hier? Steht was drin?"

„Zeitungen, dazu der Bericht von Reboul und Zavatter über die geschäftlichen und finanziellen Aktivitäten von René Lévyberg."

„Erst mal die Zeitungen."

Pünktlich zur Giftstunde brachte die Elf-Uhr-Ausgabe des *Crépu* die Schlagzeile:

PROSTITUIERTE UNTER DRAMATISCHEN UMSTÄNDEN IN IHRER WOHNUNG GRAUSAM ERMORDET.

Ich las:

Gestern abend erhielt die Polizei mehrere anonyme Anrufe, anscheinend immer von demselben geheimnisvollen Unbekannten. Jemand sollte in der Rue Montorgueil ermordet worden sein. Zuerst glaubte die Polizei an einen schlechten Scherz, schickte dann aber schließlich einen Wagen hin. Die befragte Concierge und einige Mieter erklärten, nichts davon zu wissen. Sie hatten auch nichts Verdächtiges bemerkt. Um ganz sicher zu gehen, durchsuchten die Beamten das Haus. In einer unbewohnten Abstellkammer neben dem Zimmer von Marie-Yvonne Blandin, die der Sittenpolizei unter dem Namen Marion bekannt ist, fand man die Prostituierte, erdolcht. Die Mordwaffe steckte noch in der Brust. Das Opfer trug spezielle Kleidung für perverse Kunden. Im Zimmer von Marie-Yvonne Blandin fand man außerdem eine Injektionsspritze und eine zerbrochene Ampulle, die ein Betäubungsmittel enthalten hatte. Die medizinische Untersuchung ergab, daß das unglückliche Opfer betäubt wurde. Es ist anzunehmen, daß es sich hier um die Tat eines Sadisten handelt, wahrscheinlich eines Kunden der Prostituierten. Die Untersuchungsbeamten meinen, daß der Mörder selbst bei der Polizei angerufen hat, wie einst Jack the Ripper, der uns noch in unheimlicher Erinnerung ist, oder der Vampir von Düsseldorf. Die Polizei hat mehrere Kolleginnen von Marion vernommen. Zur Zeit sucht man noch ihren Zuhälter, der vielleicht nützliche Hinweise auf die Kundschaft des Opfers geben kann.

Ich schob die Zeitung beiseite.

„Sie werden ihn schon finden, ihren Zuhälter, über kurz oder lang... Fragt sich nur, in welchem Zustand."

Hélène fuhr hoch:

„Sie wollen doch nicht sagen…"

„Ich will überhaupt nichts sagen. Vielleicht hab ich mich noch nicht recht von der Aufregung erholt. Hab 'nen schlechten Geschmack im Mund. Seh noch immer den Tod vor mir. Vielleicht bilde ich mir auch nur was ein. Aber solche Kerle, die ohne Zögern ein armes Mädchen wie Marion umbringen, nur um mich in Schwierigkeiten zu bringen…"

„Sind Sie zu diesem Schluß gekommen?"

„Ja. Übrigens, als Sie mich gefunden haben, so hübsch vereint mit der Leiche, sind Sie da gerade zur rechten Zeit gekommen oder…"

„Ich war schon die ganze Zeit in dem Viertel herumgelaufen…"

„Und haben nichts Ungewöhnliches bemerkt?"

„Zwei üble Gestalten sind ins Haus gegangen. Aber das kam mir in dem Augenblick nicht ungewöhnlich vor."

„Wann?"

„Sagen wir…sechs Uhr."

„Ich muß kurz vorher aus den Latschen gekippt sein. Sind die beiden wieder rausgekommen?"

„Ja."

„Wann?"

„Etwa eine halbe Stunde später. Ich hab nicht genau aufgepaßt."

„Wie sahen die Männer aus?"

„Wie Zuhälter."

„Können Sie sie beschreiben?"

„Ich hab nicht so genau hingesehen. Ich war nicht da, um sie zu beschatten."

„Jaja. Sie waren nicht da, um sie zu beschatten. Warum waren Sie denn da?"

Hélène saß am Kopfende. Verlegen zappelte sie auf ihrem Stuhl.

„Nur so."

Ich lachte:

„Die Angestellten von Fiat Lux sind alle nach demselben

Muster gestrickt. Sind immer an den unwahrscheinlichsten Orten, nur so, für nichts und wieder nichts, zum Blümchenpflücken. Hören Sie, Hélène…"

„Ja?"

„Äh…"

Ich besann micn anders. Sollte ich ihr etwa ihre Eifersucht vorwerfen, die doch diesmal sehr vorteilhaft für mich gewesen war? Trotzdem, es war doch die Höhe! Schließlich sind wir nicht verheiratet, verdammt nochmal! Wir haben noch nie zusammen geschlafen, wie das schon mal unter guten Freunden passiert. Verflixt! Ob ich es irgendwann einfach mal probieren sollte? Es wird sowieso soviel über uns geredet! Sollen Sie doch auch endlich Grund dazu haben. Bin schließlich kein Egoist.

„…Äh…nichts. Sie sehen ja, ich mach da keine Ausnahme. Ja, ja, diese Nestor-Truppe!"

Ich sah ihr tief in die Augen. Sie fühlte sich ertappt und wurde rot.

„Gut. Kommen wir wieder auf unsere Freunde zurück. Das waren doch sicher die, die dieses lebende Bild arrangiert haben, um Nestors Ruf zu ruinieren. Ich hab folgende Theorie: In dem Puff werd ich erkannt. Irgendwelche Gucklöcher gibt's da immer. Hätt' ich auch etwas früher dran denken können! Ich nenn mich Martin, aber irgendein kluger Kopf kennt mich, identifiziert mich als Nestor Burma. Und als ich mich mit Marion woanders als in der Rue de la Lune verabrede, errät dieser kluge Kopf, daß ich sie weichkochen will. Dabei fällt mir ein…ich hab so'n leichtes Hungergefühl."

„Ein gutes Zeichen", nickte Hélène.

„Haben Sie was zu Essen hier?"

„Ja."

Sie ging in die Küche. Ich folgte ihr, nicht ganz so frisch wie eine blühende Rose, aber munter genug, um weiterzureden, vor allem, nachdem ich meine Hose angezogen hatte. Hélène hantierte inzwischen mit ihren Töpfen.

„Marion wird gezwungen, die entsprechenden Leute zu

benachrichtigen, wenn ich ein Rendezvous mit ihr vereinbare. Sie muß mir was in mein Getränk mixen. Dagegen kann sie sich gar nicht wehren. Außerdem hat man ihr nicht alles verraten. Sie weiß zum Beispiel nicht, daß sie dabei ins Gras beißen wird. Als Nestor außer Gefecht ist, machen die lustigen Vögel mit ihr, was sie wollen. Ich muß wohl 'ne gute Figur abgegeben haben. Zum Totlachen. Sie töten Marion und ziehen ihr das Kostüm aus dem Puff in der Rue de la Lune an, um das Verbrechen als Tat eines sexuell Abartigen zu tarnen. Arrangieren alles so, daß nur ich als Täter in Frage kommen kann. Sie treiben ihren Sadismus sogar so weit, daß sie dem Mädchen und mir Drogen einspritzen und Nadel und Ampulle gut sichtbar liegenlassen. So kann ich meinen Ruf als kluger Kopf natürlich nicht aufrechterhalten..."

Ich schob meinen Ärmel zurück. Ein kleiner roter Punkt auf dem Unterarm. Die Spur der Nadel.

„...So schlau war das aber gar nicht. Die Zeitungen sagen nicht alles. Die Zeitungen sagen nie alles. Die Flics sagen ihnen nämlich auch nie alles. Aber der Gerichtsmediziner hat bestimmt gemerkt, daß Marion *post mortem* was eingespritzt wurde. Das ist unseren Freunden vielleicht auch egal. Sie wollten nur sicher sein, daß ich erst nach einer ganzen Weile wach wurde. Als dann alles fertig ist für den Totentanz, der dynamische Detektiv an seine Partnerin angekettet, machen sie sich aus dem Staub, lassen aber einen Schlüssel da und schließen mit einem Zweitschlüssel ab. Dann rufen sie die Flics an. Zum Glück sind die nicht scharf drauf, sich an den Tatort zu bemühen, nur weil einer anruft und sofort wieder auflegt. Das erreichen unsere Freunde erst durch Hartnäckigkeit... Aber inzwischen bin ich aus meiner Bewußtlosigkeit erwacht... War schlecht dosiert, die Droge. Von denen nimmt wohl keiner welche, Hélène. Sonst hätte das besser geklappt. Keine Drogensüchtige, nur Kraftprotze, kerngesunde Zuhälter ... Ich wach also auf und hab das unbeschreibliche Glück, daß meine ergebene Sekretärin wunderbarerweise vorbeikommt, bummelte gerade in der Gegend umher, einfach so, zufällig..."

Hélène wurde rot.

„Zu Tisch“, sagte sie und legte die Gedecke auf.

Ich setzte mich.

„... Und das Unternehmen ist schiefgegangen.“

„Egal!“ bemerkte Hélène und schnitt in den Schinken. „Dieser verdammte Lévyberg!“

„Welcher Lévyberg?“

„Interessieren Sie sich nicht sehr für einen gewissen René Lévyberg?“

„Lassen Sie den zufrieden und laden Sie nicht alle Sünden Israels auf ihn. Überlassen Sie das den Antisemiten, und auch den Zusammenhang zwischen Lévyberg und den Ereignissen von gestern abend. Sicher, ein bißchen ist es schon seine Schuld, daß ich in die Rue de la Lune gegangen bin. Aber den Blumentopf, den ich da gewonnen habe, ohne es zu wollen oder auch nur zu ahnen – damit hat er nichts zu tun. Und ich sollte doch wohl ausgeschaltet werden, damit ich nicht in dieser geheimnisvollen Sache weiter herumwühle. Ist bestimmt sehr wichtig...“

„Hm...“

„Ich schein Sie wohl nicht überzeugt zu haben.“

„Stimmt.“

„Hören Sie, Schätzchen... oh, pardon!... äh... Nehmen wir mal an, alles wär so gelaufen, wie es sich Marions Mörder gedacht hatten. Die Flics lochen mich ein. Laß ich das mit mir machen? Wenn meine Freiheit auf dem Spiel steht, ist Schluß mit dem Versteckspiel. Ich setz mich also mit den Flics an einen Tisch. Erzähl ihnen, daß ich hinter einen Erpressungsversuch gegen den Tuchhändler gekommen bin usw. Ich pack alles aus. Und dann? Was tun dann die Polypen?“

„Sie laufen zu Lévyberg.“

„Ganz genau. Vermuten in ihm den Täter oder einen Zeugen. Wenn er mich und den Arm des Gesetzes von seiner Spur ablenken wollte, hat er sich wie ein Rindvieh benommen. Ich halte ihn aber nicht für ein Rindvieh. Nein, meine liebe Hélène, Lévyberg ist zu klug, um so dumm vorzugehen.

Außerdem hat er gar keinen Grund... Er ist nicht gerade auf einen Skandal aus. Denken Sie an seine gesellschaftliche Stellung. Wir zwei haben zwar etwas Stunk miteinander...,Unvereinbarkeit der Charaktere'. Aber wenn er mir richtig böse wär, wenn ich ihm richtig im Weg wär, weshalb und wo auch immer, wenn es so richtig hart auf hart käme – dann würde er mich töten oder töten lassen; aber er würde doch niemals solch ein Spektakel veranstalten."

„Aber warum überhaupt dieses Spektakel? Warum hat man Sie nicht ganz einfach umgebracht?"

„Bedauern Sie es?"

„Reden Sie keinen Quatsch."

„Und Sie auch nicht. Ein Privatdetektiv, das ist so was Ähnliches wie'n Flic, jedenfalls sehen das viele so. Bin zwar nicht stolz drauf, aber so ist es nun mal. Und Polizistenmord, das wird teuer."

„Während der Mord an so einer Marion..."

„Das ist nicht dasselbe. Verstehn Sie mich nicht falsch: Für mich ist eine Nutte soviel wert wie ein Flic... eher noch mehr. Aber Richter denken anders."

„Die Mörder kriegen einen Orden, wenn man sie faßt?"

„Das nicht gerade... hm... ja, irgendetwas stimmt da noch nicht. Aber ich komm ja auch gerade erst aus dem Wochenbett. Da kann man nicht zuviel verlangen. Jedenfalls, was Lévyberg betrifft, halt ich meine Theorie aufrecht."

„Weil sich die Polizei nach Ihren Enthüllungen auf ihn gestürzt hätte?"

„Ja. Und weil es seinem Geschäft schaden würde, wenn er in so was verwickelt wär, ich sag's nochmal. Ist doch ganz einfach."

„Aber die Rue de la Lune?"

„Was ist damit?"

„Hätten Sie bei der Polizei auch die Rue de la Lune erwähnt?"

„Natürlich!"

„Hätte das nicht auch deren Geschäft geschadet? Auch

wenn's nur eine ganz kleine Durchsuchung gegeben hätte?"

„Die hätte es sowieso gegeben. Die Sitte wird schon rauskriegen, daß Marion dort gearbeitet hat. Das haben die sicher mit einkalkuliert. Sie können ja hingehen und im Puff nach Madame Joseph fragen – falls diese ehrenwerte Dame überhaupt existiert. Ist jetzt alles sauber, jungfräulich... äh... jedenfalls was die Indizien betrifft, so jungfräulich, daß ich nicht die geringste Lust habe, selbst hinzugehen. Schließlich hab ich keine Zeit zu verlieren. Nein, Hélène. Es gibt keinen Zusammenhang zwischen der Rue de la Lune und der Rue des Jeûneurs. Der Puff steht auf weniger wackligen Füßen als die Firma Berglevy, Groß- und Einzelhandel, Stoffe aller Art, Transporte, Spinnerei. Von Lévyberg wäre das dumm gewesen. Von den *Chevaliers de la Lune* aber nicht."

„Vielleicht haben Sie recht."

„Natürlich hab ich recht!... Genauso wie ich mit der Behauptung recht habe, daß die mich nur für kurze Zeit ausschalten wollten, wobei gleichzeitig ein Mädchen dran glauben mußte, die sie verpfeifen konnte. Mein Verhalten gegenüber den Flics und die Konsequenzen für meine Klienten – darum haben sich die Herren einen Dreck gekümmert. Hauptsache, ich wär für ein paar Tage im Knast, bevor ich meine Unschuld beweisen könnte. Dann hätten sie die Möglichkeit, in aller Ruhe vorzugehen. Das Ding soll wohl in den nächsten Tagen gedreht werden. Dafür brauchen sie freie Hand."

„Und diese freie Hand wird jetzt vielleicht von den Polizisten gefesselt."

„Bestimmt nicht, denn dann hätten sie sich anders verhalten. Vor den Flics haben sie keine Angst, sondern vor mir. Sie überschätzen mich. Weiß der Teufel, worauf ich mich da eingelassen habe. Ich will's auch gar nicht wissen! Scheint ganz schön heiß zu sein. Schließlich werd ich nicht dafür bezahlt, mir die Finger zu verbrennen."

„Hoffentlich überlegen Sie sich's nicht wieder anders."

„Ich wüßte nicht, warum. Aber wenn Dolivets Chef, mein

lieber Herr Kollege, mir diesen Streich gespielt hat, dann kann er was erleben, so wahr ich Nestor heiße."

„Übrigens, ich hab Reboul und Zavatter mit der Suche nach ihm beauftragt. Ihren Bericht über Lévyberg hab ich bekommen."

„Sehr gut. Geben Sie her."

Außer einigen Firmennamen, ein paar Adressen wie der seiner eleganten Vorortwohnung und eines Landhauses erfuhr ich durch den Bericht nichts Neues über René Lévyberg. Esthers Aussagen und das, was ich bereits wußte, wurden lediglich bestätigt. Der Tuchhändler hatte eine wichtige gesellschaftliche Stellung inne, wurde von seinesgleichen nicht gerade geliebt und wollte eine Rolle im öffentlichen Leben spielen. Zu diesem Zweck versuchte er, den *Méridien* zu kaufen. Aber da gab es einen erbitterten Kampf, weil eine andere Gruppe (nähere Angaben folgten) es auf die Zeitung abgesehen hatte. Privatleben: lebte von seiner Frau getrennt. (Name und Adresse folgten, für alle Fälle.) Im Augenblick keine Geliebte bekannt. Hatte er eine? Hatte er keine? Wenn nötig, würde Reboul es rauskriegen. Nichts Neues also. Höchstens die Bestätigung, daß Lévyberg immer weniger für den üblen Scherz in Frage kam, bei dem ich eigentlich Federn lassen sollte. Er hätte dabei mehr Federn gelassen als ich.

Ich steckte den Bericht ein. Dabei bemerkte ich, daß ich noch immer den Wohnungsschlüssel von Marion und den Zettel mit ihrem Namen mit mir rumschleppte. Höchste Zeit, daß ich mir die beiden verräterischen Beweisstücke vom Halse schaffte. Hélène ging alleine ins Büro. Ich war noch zu kaputt. Besser, ich erholte mich in ihrem Bett.

Das war's für heute. Es passierte nichts mehr. Nicht mal Florimond Faroux ließ sich sehen. Um sieben Uhr kam Hélène wieder zurück. Wir aßen zusammen zu Abend. Zum Schlafen schickte sie mich aber nach Hause. Das Mädchen weiß wirklich nicht, was sie will.

9

Einer haut ab

Am nächsten Morgen wachte ich früh auf. Die Sonne schien, und ich fühlte mich in Höchstform. Noch vor Hélène war ich in der Rue des Petits-Champs. Um zehn Uhr rief ich Esther an und bat um eine Unterredung.

„Sind Sie mir noch böse?" fragte sie.

„War ich gar nicht."

„Ich schon. Aber nur etwas. Treiben Sie Ihre Klientinnen immer so in die Enge?"

„Sie müssen zugeben, daß Sie eine seltsame Klientin sind", wich ich aus.

„Ich gebe gar nichts zu. Und wenn ich eine seltsame Klientin sein soll, dann sind Sie ein seltsamer Detektiv. Ich bin nicht zufrieden mit Ihnen."

„Ich bringe Ihnen 'was mit, dann werden Sie sehr zufrieden sein."

„Dann kommen Sie."

Eine Viertelstunde später saß ich in dem wohlbekannten düsteren Salon.

„Ich möchte Ihnen eine Aufgabe übertragen," sagte ich, „die Ihnen bestimmt gefallen wird. Sie sollen Ihre Nase in die Angelegenheiten Ihres Bruders stecken. Er hat sich in den letzten Tagen an einen Privatdetektiv gewandt. Ich will wissen, an wen. Vielleicht wissen Sie ja schon darüber Bescheid. Vielleicht haben Sie ja auch erst mit mir Kontakt aufgenommen, weil er einen Kollegen von mir engagiert hat..."

„Ich weiß über gar nichts Bescheid", sagte sie schnippisch. „Außerdem wissen Sie ganz genau, warum ich..."

Unbarmherzig unterbrach ich sie:

„Nein. Schluß mit den Lügen, und Schluß mit Moreno."

„Ich lüge nicht."

„Sie lügen, sobald Sie den Mund aufmachen. Ohne es zu merken."

„Dann frage ich mich," lachte sie säuerlich, „wozu ich Ihnen nützen könnte. Alles, was ich Ihnen sagen kann..."

„Sie werden mir auch gar nichts sagen. Sie sollen nur in seinen Sachen rumschnüffeln. Sie werden ein Dokument finden, das irgendetwas mit einem Detektiv oder einem Drohbrief zu tun hat...oder Sie werden nichts finden. Was Sie finden, geben Sie mir. Ganz einfach."

Sie hob die Schultern:

„Er schließt alles ein. Aber gut, ich werd's versuchen... Sie sind wirklich ein feiner Detektiv. Überlassen Ihren Klienten die Arbeit! Na ja..."

„Was anderes", sagte ich. „Gérard Bonfils."

Sie fuhr hoch:

„Ja?"

„Ich will mit ihm reden. Ist er im Hause?"

„Weiß ich nicht. Ich muß nachfragen. Er ist nicht ständig hier. Manchmal hält er sich auf dem Land auf. Was wollen Sie von ihm?"

„Er soll dasselbe tun wie Sie."

„Sie sind doch verrückt! Er ist sein bester Freund."

„Eben. Vielleicht weiß der was."

„Wie Sie wollen. Schließlich sind Sie der Detektiv, nicht ich..."

Sie ging hinaus und ließ mich ein paar Minuten alleine. Dann kam sie zurück mit dem vornehmen Schürzenjäger. Monsieur Bonfils gab mir höflich die Hand. In seinen Augen las ich so was wie feindselige Neugier. Unser erstes Zusammentreffen auf der Rue Saint-Denis lag ihm immer noch auf dem Herzen. Tat mir leid, aber ich mußte ihn nochmal dran erinnern.

„Guten Tag, Monsieur Burma", sagte er. „Sie wollten mich sprechen?"

„Ich möchte Sie um einen Gefallen bitten."

„Ich höre."

Er sah sich nach einer Sitzgelegenheit um, fand nichts, was ihm zusagte, und setzte sich rechts neben mich auf die Holzbank; sein linkes Ohr taugte anscheinend noch was. Ich sah Esther an. Sie hob wieder die Schultern.

„Ich laß Sie allein", knurrte sie.

Bestimmt ging sie nicht weit weg, aber der Anschein war gewahrt.

„Mein lieber Monsieur Bonfils", fing ich an, „Sie legen doch Wert auf Ihre Stellung, oder?"

„Welche Stellung?"

„Die Sie hier bekleiden. Als Freund des Hauses Lévyberg."

„Natürlich. Ich habe Ihnen doch schon gesagt, daß das äußerst vorteilhaft für mich ist."

„Ich werde Ihnen helfen, diese Stellung zu behalten."

„Ist sie denn gefährdet?"

„Das könnte passieren. Monsieur Lévyberg hat mich zwar nicht gerade ins Herz geschlossen, aber wenn ich ihm von Ihren Eskapaden erzählen würde..."

Die Befürchtungen von Monsieur Bonfils waren in meinen Augen lächerlich. Aber sie existierten nun mal. Warum sie nicht ausnutzen? Ich hatte es mit einer Erpressung zu tun. Ganz langsam schoß ich mich auf den Fall ein. Er seufzte:

„Aber warum sollten Sie ihm davon erzählen?"

„Beruhigen Sie sich. Ich tu's ja nicht... wenn Sie mir helfen. Ich habe allen Grund anzunehmen, daß Monsieur Lévyberg einen Flic engagiert hat..."

„Einen Flic?"

Monsieur Bonfils versank abgrundtief in Grübeleien. Er senkte den Kopf, nahm den Knopf aus seinem Ohr, wohl um besser nachdenken zu können – es war völlig still – und betrachtete das Hörgerät, als wollte er bei dem Ding Rat suchen.

„Einen Privatdetektiv natürlich. Keinen von der Tour Pointue."

„Was will er denn mit einem Privatdetektiv?" fragte er sich und steckte den Knopf wieder ins Ohr. „Und ich soll Ihnen darüber berichten, ja?"

„Nein. Ich will nur den Namen meines Kollegen wissen. Und Sie sollen ihn rauskriegen."

„Ich kann ihn doch nicht so geradeheraus danach fragen."

„Das ist Ihr Problem. Möglich, daß ich den Namen vor Ihnen erfahre, aus einer anderen Quelle. Aber ich will alle Trümpfe bei dem Spiel einsetzen."

„Bei welchem Spiel?"

„Berufsgeheimnis."

Lächelnd zuckte er die Achseln:

„Mir scheint, Sie sind mit allen Wassern gewaschen. Gut. Wann seh ich Sie?"

„Rufen Sie mich an, wenn Sie was gefunden haben. Mein Name steht im Telefonbuch. Auf Wiedersehen, Monsieur Bonfils."

Im Korridor stieß ich mit Esther zusammen, die aller Wahrscheinlichkeit nach an der Tür gelauscht hatte. Sie war ja nicht schwerhörig. Ich warf ihr ein kurzes Adieu zu und machte, daß ich fortkam, bevor René Lévyberg meine Anwesenheit in seinem Herrschaftsbereich bemerkte.

In der Agentur traf ich Reboul und Hélène. Sie standen über den Sammelband der *Bonne Nouvelle* gebeugt und schienen sehr aufgeregt.

„Und?" fragte ich. „Haben Sie Dolivets Spur gefunden?"

„Nein", antwortete der Einarmige und richtete sich wieder auf.

„Vielleicht hat Zavatter... Bei mir war jedenfalls überall Fehlanzeige. Nicht ganz, immerhin. Bin zufällig auf was Seltsames gestoßen... Hier, sehen Sie mal! Sie interessieren sich doch für Lévyberg..."

Er forderte mich auf, mir eine bestimmte Seite von Lemeuniers Blättchen genauer anzusehen. Zwei Fotos von wirtschaftlich nicht eben schlecht gestellten Persönlichkeiten lokkerten einen kleingedruckten Text auf. Einer der Herren, mit Monokel, hieß Hubert Raucher (ständiger Wohnsitz in Paris, dazu ein Landsitz für den Sommer). Der andere war Eugène Maireaux (Paris, Place Gaillon; Evian, Rue du Lac).

„Der hier ist eine Reise wert", sagte Reboul und zeigte anklagend auf eins der Fotos.

Allerdings. Etwa sechzig. Sah aus wie ein Notar. Und weil er leicht nach außen schielte, was die dicken Gläser nicht ganz ausgleichen konnten, sogar wie ein windiger Notar. Einer von diesen *officiers ministeriels*, die mit einem Auge auf den Zaster des Klienten schielen, während das andere die Entfernung zu den erlaubten Grenzen abschätzt.

Ich las den Artikel.

Er bestand im wesentlichen aus einer Aufzählung der Firmen und Konsortien, an denen die neureichen Herren Eugène Maireaux und Hubert Raucher (Esther hatte Namen und Eigenschaft genannt) gemeinsam beteiligt waren. Apropos Geld wie Heu: in dem Artikel war die Rede von einer möglichen, nahe bevorstehenden Rivalität zwischen ihnen und Berglevy. *Seit einiger Zeit*, schrieb einer von Lemeuniers Leuten, *wirft René Lévyberg seine Netze aus und beansprucht alle Fangrechte für sich...*

„Und?" fragte ich. „Bringt uns das weiter? Raucher und Maireaux stehen zusammen mit noch einigen anderen Namen in Ihrem Bericht über Lévyberg, Abschnitt ‚Konkurrenten beim Kauf des *Méridien*'."

„Aber nicht der Name Jérôme Barthe."

„Jérôme Barthe?"

„Dieser Maireaux nennt sich bei Gelegenheit auch Jérôme Barthe."

„Bei welcher Gelegenheit?"

„Wenn er sich inkognito an einen Privatdetektiv wendet, zum Beispiel."

„Lassen Sie hören!"

„Neulich hab ich mir die Sammelbände angesehen. Dabei hab ich mir dieses Gesicht besonders gemerkt. Ziemlich auffallend, nicht wahr?"

„Sehr auffallend, ja. Mit dem Gesicht kann man ein Überschallflugzeug in der Luft anhalten."

„Während unserer Nachforschungen über Lévyberg hab ich zufällig von diesem Mann gehört und auch sein Bild in vertraulichen Berichten gesehen. Und heute... Ich war bei unserem Kollegen Antoine Richard, war gerade dabei, seine Sekretärin auszuhorchen. In dem Augenblick kam dieser Maireaux zusammen mit Richard aus dessen Büro. Natürlich hab ich ihn sofort wiedererkannt. Er stellte noch mal klar: ‚Wenn Sie mich anrufen, nicht vergessen: Jérôme Barthe, klar? Jérôme. Mein Bruder Edouard ist nämlich mein Partner. Aber das hier ist meine Privatangelegenheit.' – ‚Auf Wiedersehen, Monsieur Barthe', sagte Richard. Ich dachte mir, vielleicht wollten Sie das genauer wissen. Edouard Barthe ist laut Telefonbuch Rechtsberater, Rue du 4 Septembre."

Ich klopfte meine Pfeife aus.

„Hm..." machte ich. „Dieser Maireaux ist vielleicht nur ganz einfach ein betrogener Ehemann. Macht nichts. Wir warten auf Zavatter und gehen alle drei zu Richard, um ihn zu fragen, worum's sich dreht. Sonst können wir im Augenblick nichts machen."

Unverrichteterdinge, was Dolivet betraf, kam Roger Zavatter wieder. Wir drei Chorknaben gingen zu Richard. Mein Kollege hatte sein Büro ganz in meiner Nähe, in der Rue de Choiseul, mit Blick auf den *Crédit Lyonnais.* Richard war nicht da. Wir warteten, trotz der Märchen seiner blonden Stenotypistin. Endlich kam er.

„Sieh an, Nestor Burma! Salut!" rief er mit gespielter Fröhlichkeit. „Was machst du denn hier? Salut, Jungens. Gleich 'ne ganze Delegation?"

„Wir suchen Arbeit", sagte ich.

„Red keinen Quatsch."

„Ich red nie Quatsch. Gehen wir in dein Büro."

Dort fühlten wir uns gleich wie zu Hause.

„Der da", sagte Antoine Richard und zeigte auf Reboul, „war heute morgen schon hier. Ist Hortense auf den Wecker gefallen. Die Agentur Fiat Lux macht das wohl serienmäßig, seh ich das richtig?"

„Jawohl. Jérôme Barthe."

Sein zermatschtes Boxergesicht verfinsterte sich.

„Was ist los mit Jérôme Barthe?"

„Einer deiner Klienten. Ein reicher Herr, der dich mit einem Fall beauftragt hat. Worum geht's dabei?"

„Was geht dich das denn an?"

„Das ist nichts für dich, Richard. Ich werd mich drum kümmern."

„Nun sieh sich das einer an: Suchen Arbeit und wollen einem Freund das Brot vom Teller klauen."

„Drei Fehler, du miserabler Detektiv: Ich such keine Arbeit. Ich bin nicht dein Freund. Und ich will dir nicht das Brot vom Teller klauen. Der Klient hat dich doch bezahlt, oder?"

„Wenn er mir einen Fall anvertraut, hat er das wohl gemacht."

„Du behältst das Geld, und ich tu die Arbeit für dich."

Er überlegte kurz.

„Gut", sagte er schließlich. „Wenn das so ist... Sieht aber aus wie ein Nestor-Trick."

„Ein Grund mehr, die Finger davonzulassen."

„Jetzt reicht's aber! Solange du die Finger vom Geld läßt..."

„Keine literarischen Anspielungen. Was will er, dieser Jérôme Barthe?"

„Einen jungen Journalisten aufspüren, der sich plötzlich in Luft aufgelöst hat."

Er zwinkerte mir zu, anzüglich und zweideutig, sehr vielsagend. Ich sagte nichts, dachte mir nur meinen Teil. Vielleicht hatte er recht, und ich vergeudete meine Zeit. Aber jetzt konnte ich nicht mehr zurück; außerdem zählte dieser Barthe-Maireaux zu Lévybergs Feinden, das durfte man nicht vergessen...

„Ruf ihn an und sag ihm, daß ich den Fall übernehme", sagte ich.

Er wählte eine Nummer.

„Hallo! Kanzlei Barthe, Rechtsberater? Monsieur Jérôme Barthe, bitte... Aha!... Ja.."

Richard gab seine Telefonnummer durch und legte auf.

„Er ist nicht da", erklärte er. „Er ruft mich an."

Wir warteten. Endlich klingelte es. Richard hob ab. Ich nahm den Zweithörer.

„Haben Sie schon was? Glückwunsch!" sagte die ungeduldige Stimme eines älteren Herrn am anderen Ende.

„Nein, Monsieur Barthe", antwortete mein Kollege unterwürfig. „Ich wollte Ihnen nur sagen... äh... also..."

Er tischte ihm eine mehr oder weniger glaubhafte Lüge auf, um seinen Verzicht zu meinen Gunsten zu erklären.

„Mein Freund, Nestor Burma... sehr bekannt, sehr tüchtig... kein schlechter Tausch für Sie..."

„Ist mir eigentlich gar nicht recht", sagte der angebliche Monsieur Barthe. „Das kostet alles Zeit. Na ja... Dann werd ich mich sicher wohl mit diesem Herrn in Verbindung setzen?"

„Ja. Sie erklären ihm am besten selbst, worum es geht. Soll ich ihn zu Ihnen schicken?"

„Nein, nein. Nicht nötig. Geben Sie mir seine Adresse."

„Er ist gerade in meinem Büro."

„Gut, ich komme."

Richard legte auf.

„Verschwinden Sie", sagte ich zu Reboul und Zavatter. „Er muß uns hier nicht zusammen sehen. Das könnte ihn mißtrauisch machen."

Die beiden hauten ab. Ich blieb alleine bei Richard. Kurz darauf kam Monsieur Barthe-Maireaux. Es war tatsächlich der Mann auf dem Foto in der Sonderausgabe der *Bonne Nouvelle,* vornehm und würdig gekleidet, wie es Stellung und Alter erforderten. Seine Haare hatte er, fertig gekämmt, beim Perückenmacher gekauft, die feingliedrigen Hände waren weiß und gepflegt. Die eine knetete ein Paar Pekari-Handschuhe, die andere hielt einen Filzhut, aus bestem Atelier. Er betrachtete mich durch sein Monokel mit Sympathie. Ich merkte, daß ihm mein Gesicht mehr zusagte als das von Richard. Nach den üblichen Höflichkeitsfloskeln und Plattheiten sagte er:

„Monsieur Richard hat Sie bestimmt schon unterrichtet?"
„Mehr oder weniger. Aber ich wäre Ihnen dankbar, wenn Sie selbst mir den Fall auseinandersetzen würden."
„Also gut. Victor Marcellin, Journalist, Hotel Macé, Rue du Mail. Arbeitete bei dem Wochenblatt *Aujourd'hui.* Wir möchten, daß Sie herausfinden, wo er steckt. Einer meiner Klienten braucht ihn unbedingt, um eine größere Erbschaft anzutreten."
„Ist er verschwunden?"
„Sieht so aus."
„Schon lange?"
„Seit vorgestern. Wir haben keine Zeit mehr zu verlieren."
„Haben Sie den Verdacht, daß er unter...äh...tragischen Umständen verschwunden ist? Entschuldigen Sie, aber in unserem Beruf..."
Zweifelnd verzog er den Mund:
„Ach, dazu gibt's keinen Grund. Jedenfalls glaub ich's nicht. Diese jungen Leute sind unberechenbar, und..."
„Ja, ja. Ob blond, ob braun..."
Er nahm die Erklärung bereitwillig auf.
„Vielleicht..."
Und vielleicht hatte seine Zeitschrift ihn auch wegen einer Reportage auf Reisen geschickt. So was soll ja vorkommen, sogar bei Reportern. Diese Überlegung behielt ich aber besser für mich. Stattdessen fragte ich:
„Haben Sie außer Namen und Adresse noch andere Anhaltspunkte?"
„Na ja, wir wissen nur, daß der junge Mann das Hotel Macé vorgestern verlassen hat, ohne zu sagen, wohin er ging. Hat nur eine Reisetasche mitgenommen. Sein Zimmer hat er nicht gekündigt. Ist seit einiger Zeit Dauermieter in diesem Hotel. Wir haben uns auch bei der Direktion des *Aujourd'hui* erkundigt..."
„Seiner Zeitung?"
„Ja. Er ist vor fast einem Monat entlassen worden."
„Ist das alles?"

„Das ist alles, was wir wissen."
„Sie haben nicht zufällig ein Foto von ihm?"
„Von Victor Marcellin?"
„Ja."
„Nein. Bedaure..."
„Das macht nichts. Ich werd mir eins bei seiner Zeitung besorgen, oder sonst irgendwo. Können Sie mir ihn wenigstens beschreiben?"
„Ich habe ihn nur einmal gesehen. Außerdem sind Personenbeschreibungen nicht meine Stärke. Ich hab das schon Monsieur Richard erzählt. Er ist etwa fünfundzwanzig Jahre, verstehen Sie? Diese jungen Leute sehen sich heutzutage alle ziemlich ähnlich. Ich weiß nicht, ob Sie's auch schon bemerkt haben..."
„Das macht der Einfluß der Illustrierten", seufzte ich. „Sie möchten alle so aussehen wie die Titelbildhelden. Meinen, dann sähen Sie besser aus."
„Ach ja", lächelte Monsieur Barthe. „Jetzt fällt mir's wieder ein. Der Journalist braucht einen Schönheitschirurgen. Seine Nase ist etwas schief."
„Na schön", sagte ich und stand auf. „Ich glaube, ich fange am besten gleich mit der Suche an."
Monsieur Barthe stand ebenfalls auf.
„Ich bin sehr mit Ihnen zufrieden, Monsieur Burma..."
Ich gab ihm meine richtige Adresse, er mir seine falsche, wobei er noch einmal sagte, ich müsse den Vornamen – Jérôme – nennen, wenn ich ihn anrufen würde. Dann ging er. Ich ließ ihm einen kleinen Vorsprung und ging ebenfalls weg. Antoine Richard bat mich, ich solle mich wieder an ihn wenden, falls ich nochmal so einen Fall zu bearbeiten hätte.

* * *

Die Redaktion des *Aujourd'hui* befand sich in demselben Gebäude in der Rue Réaumur wie der *Crépuscule*. Also ging ich zunächst mal zu Marc Covet. Ich fand den Schluckspecht in der obersten Etage, wo die Fläschchen keine Tinte enthalten.

„Aha, schon wieder in der Bar?“ sagte ich.

„Man hat von hier solch eine gute Aussicht auf Paris“, versuchte er sich zu rechtfertigen. Dabei saß er in einer Ecke des kleinen Raumes, mit dem Rücken zum Panorama, aber mit Ausblick auf die tollen Kurven der Bedienung. Sie war wohl grausam zu meinem Freund, denn seine Stimmung schien düster zu sein. Ich setzte mich zu ihm und sah mir ebenfalls das blonde Kind an. Zwischen einem Strauß echter Blumen und einem Strauß künstlicher sah sie aus wie der unentschiedene Esel, und ihre Ohren verstärkten noch den Eindruck.

„Kennen Sie einen Kollegen namens Victor Marcellin?“ fragte ich Covet.

„Zur Genüge. Was hat er jetzt schon wieder gemacht?“

„Ist das einer, der was macht?“

„Einer, der gerne was machen möchte. Aber dafür geht er allen auf die Nerven, und dann noch so von oben herab. Wenn man ihn hört, könnte man meinen, er drückt uns bald alle an die Wand. Frag mich nur, womit. War beim *Aujourd'hui.* Hat sich aber so unmöglich benommen, daß man ihn gefeuert hat. Ungefähr seit einem Monat hab ich ihn nicht mehr gesehen.“

„Ich suche ihn. Eine Erbschaftsangelegenheit.“

„Erbschaft? Vielleicht hat er also gar nicht mal geblufft, mit dem An-die-Wand-Drücken. Viel?“

„Ziemlich. Hast du sonst keinen Tip für mich?“

„Nein. So intim bin ich nicht mit ihm. Ich weiß nicht mal, wo er wohnt.“

„Das weiß ich wohl, aber in seinem Hotel ist er nicht.“

„Ausgezogen?“

„Verschwunden.“

„Gott sei Dank!“

So übermäßig schien sich Marc Covet nicht für das Schicksal von Victor Marcellin zu interessieren. Ihn plagte offensichtlich etwas anderes. Persönliche Sorgen wahrscheinlich, Liebeskummer oder so was Ähnliches. Da kam der Karikaturist Gus, ein sympathischer Lockenkopf. Er gab uns die Hand, und bevor er auf die Terrasse hinausging, fragte er meinen Freund mit einem leicht ironischen Lächeln:

„Na, was ist mit der Bombe?"

„Mach dir darüber nur keine Sorgen", sagte Covet.

Gus ging weiter.

„Es lebe die Anarchie", sagte ich. „Sie basteln an einer Bombe?"

„Äh...ja...ach, nur an einem kleinen Cocktail... Wenn das so weitergeht, werd ich nicht viele dazu einladen. Ich weiß nicht, was Victor Marcellin passiert ist, aber für seine Nachfolge ist gesorgt."

Ich zeigte ihm mein leeres Glas, damit er es beim Bezahlen nicht vergaß.

„Werd mal seine ehemaligen Kollegen vom *Aujourd'hui* interviewen", sagte ich.

„Ist jetzt der falsche Augenblick. Die haben im Moment alle Hände voll zu tun. Ihre Wochenausgabe muß in den Satz."

„Ich will nur ein Foto. Sie haben nicht zufällig eins?"

„Was soll ich denn mit 'm Foto von Marcellin? So 'ne Fresse schleppt man nicht gerade gerne mit sich rum, nicht mal zwischen zwei Zahlungsaufforderungen vom Finanzamt."

„Wie sieht denn seine Fresse aus?"

„Die Fresse einer fünfundzwanzigjährigen Rotznase, der meint, er hätt's schon geschafft. Journalist wie im Film. Blond, hager, kantig, etwas schiefer Zinken. Wo er doch so sehr fürs Kino schwärmt, nehm ich jedenfalls an – von seiner Erbschaft kann er sich den ja von Dr. Claoué geradesetzen lassen. Wär wirklich kein Luxus."

Ich stand auf:

„Ich hätte trotzdem gern ein Foto."

„Dann gehen Sie zu Roudil. Stellvertretender Chefredakteur. Sagen Sie ihm, Sie kämen von mir."

Der Portier beim *Aujourd'hui* (überall begegnet man so einem Wachhund!) führte mich in die Setzerei. In der großen

Werkstatt roch es nach Blei und Druckerschwärze. Die Setzmaschinen klapperten nach Herzenslust. Als ich eintrat, gellten Pfiffe auf. Die Lippen eines besonders Pfiffigen leiteten ein richtiges Pfeifkonzert ein, das zu einem Sturm anschwoll. Ich hatte den streng zu beachtenden Ritus vergessen, nach dem man an diesem heiligen Ort den Hut abnimmt. Die sympathischen Revolutionäre dieser Zunft verstehen bei der Höflichkeit keinen Spaß. Ich nahm also meinen Hut in die Hand, und das Pfeifkonzert war beendet. Roudil stand über Druckformen und Bürstenabzüge gebeugt und sprach mit dem Metteur. Ich stellte mich vor und erklärte ihm den Grund meines Kommens. Er verzog das Gesicht und spielte den Betrübten:

„Ach, der Ärmste! Ist einfach so abgehauen? Da muß ich aber weinen!"

„Warten Sie damit, bis Sie mal Zwiebeln schälen."

Er prustete los:

„Sehr schön! Gut. Ein Foto...nein, ich hab keins, Monsieur Burma. Wissen Sie, den Leuten im Archiv ist Martine Carol lieber. Die Geschmäcker sind verschieden, hm?"

Ich ging wieder.

An der belebten Rue Montorgueil konnte ich mich nicht gegen eine gewisse Beklemmung wehren. Ich kaufte eine Zeitung und suchte nach einer Meldung über den Mord an Marion. Hundert Zeilen Blabla, zum Schluß der übliche Satz: „Die Ermittlungen dauern an."

Ich ging durch die Rue de Cléry in die Rue du Mail. Hotel Macé, Ecke Rue Vide-Gousset, an der Place des Petits-Pères, genau gegenüber einer Devotionalienhandlung. Sauber, unauffällig, dunkel. Wie die Kirche nebenan. Man roch beinahe den Weihrauch.

„Ich möchte den Patron sprechen", sagte ich zu dem Jungen, der verträumt in einer Ecke des Büros saß. Ein blonder, etwas magerer Engel.

„Der bin ich."

Er sprach mit dem Akzent von Aubervilliers. Ich gab ihm meine Karte.

„Nestor Burma", sagte er und gab mir herzlich die Hand. Eine große Hand. „Kenn ich. Ich bin Gabriel. Was kann ich für Sie tun? Ich sag's Ihnen gleich: im Augenblick ist nichts frei."

„Aber einer Ihrer Mieter ist doch ausgezogen! Victor Marcellin."

„Ach! Sie wissen Bescheid? Ausgezogen ist nicht das richtige Wort. Sein Zimmer hat er immer noch. Er kann von heute auf morgen wieder auftauchen."

„Sagen Sie mir, wenn das passiert? Ich such ihn nämlich." Monsieur Gabriel schlug mit der Faust auf den Tisch. Kopfschüttelnd rief er:

„Das ist ja göttlich! Monatelang kümmert sich kein Mensch um den Kerl, und da hat er Lust auf einen kleinen Ausflug, und alle rennen hinter ihm her. Erst ein älterer Herr mit Brille, sehr elegant..."

„Mit Silberblick?"

„Genau. Kennen Sie ihn?"

„Ich arbeite für ihn."

„Was will man von ihm? Ich mein von M'sieur Marcellin?"

„Er wird wegen einer Erbschaft gebraucht."

„Ach, das ist ja interessant. Wohlgemerkt, er schuldet mir nicht einen Sou; aber es ist doch immer sehr beruhigend zu wissen, daß man solvente Mieter hat. Vor allem, wenn sie manchmal unpünktlich zahlen, wie M'sieur Marcellin."

„Und wer war außer dem älteren Herrn noch hier?"

„Seine Freundin, anscheinend."

„Seine Freundin?"

„Ja, wieso? Haben Sie denn keine?"

„Mehrere."

„Na ja, im Vertrauen", lachte Monsieur Gabriel. „Ich glaube, er auch. Klar, diese jungen Leute, in ihrem Beruf ... Gelegenheit macht Diebe."

„Verstehe."

„Und vielleicht ist er auch abgehauen, weil er von der Brünetten die Nase voll hat und woanders was Besseres gefunden hat. Würde mich nicht wundern. Aber wie sagt man? Glück in der Liebe... Diese Erbschaft kommt gerade im richtigen Augenblick..."

„Hm. Erzählen Sie mir doch mal, wie er abgehauen ist."

„So viele Möglichkeiten gibt's da ja nicht. Außer, wenn einer sich auf leisen Sohlen davonmacht... Gestern morgen kam er mit einem kleinen Koffer runter. Sah aus, als hätt' er einen Kater. ‚Ich gehe für ein paar Tage weg', sagte er zu mir. ‚Die Post brauchen Sie mir nicht nachschicken!' Wo er doch kaum welche kriegt! Aber, ich sag's Ihnen, er schien wie im Tran. ‚Ich schreib Ihnen.' Und weg ist er. Kann mir schließlich egal sein. Das Zimmer ist für einen Monat im voraus bezahlt."

„Kann ich das Zimmer mal sehen?"

„Wenn Sie wollen."

Es war sauber. Blankgeputzt wie ein neuer Sou. Und aufgeräumt. Sehr aufgeräumt. Einige Bücher – in der Mehrzahl Kriminalromane – standen auf einem Regalbrett über der Anbauliege, weitere stapelten sich in einer Ecke. Im Schrank hing reichlich Garderobe. Aber nirgendwo lag ein Zettel rum, ein Notizbuch, ein Heft, ein Foto. Ein sehr aufgeräumtes Zimmer.

Wir gingen wieder nach unten. In der Hotelhalle stand etwas hilflos ein junges Mädchen. Monsieur Gabriel stieß mich mit dem Ellbogen an.

„Die Brünette", sagte er. „Guten Tag, Mademoiselle", sagte er laut.

„Guten Tag, Monsieur", grüßte ihn die Brünette. „Ich komme wegen..."

Sie sprach leise und bescheiden. Schöne Augen, schöne Zähne, schönes Gesicht, aber traurig. Ihre Kleidung war ordentlich, dabei nicht ohne eine natürliche Eleganz, aber bescheiden. Die Finger an ihren ziemlich groben Händen waren seltsam gefärbt. Eine Arbeiterin. Eine von den kleinen Pariser Arbeiterinnen, die bei jeder Gelegenheit besungen werden.

„M'sieur Marcellin ist noch nicht wieder zurückgekommen", sagte die Hotelier in entsprechendem Tonfall. „Aber wir werden ihn schon wiederfinden, machen Sie sich mal keine Sorgen. Monsieur..." er zeigte auf mich, „...ist darauf spezialisiert, er ist Detektiv..."

„Detektiv?" rief sie. „Hat er was gemacht?"

„Aber nein", beruhigte ich sie. „Wir suchen ihn wegen einer Erbschaft."

„Dann stimmt das also?"

„Erwartete er eine Erbschaft?"

„Na ja, vor einiger Zeit hat er mir gesagt, wir würden reich ...jetzt kommt die Erbschaft, und er läßt mich sitzen..."

„Aber sie ist doch noch gar nicht da", widersprach Monsieur Gabriel. „Man sucht ihn nur deswegen."

„Ja?... Oh! Ich will Ihnen gerne glauben...ich weiß überhaupt nichts mehr."

„Ich werd's Ihnen erklären", mischte ich mich ein. „Ist schließlich mein Beruf, Erklären. Ich heiße Nestor Burma. Und Sie?"

„Clotilde. Clotilde Philippon. Einfach Clo."

„Gut, Clo. Sie können mir sicher bei meiner Arbeit helfen. Wir gehen am besten in ein Café, und Sie erzählen mir was über Ihren Vagabunden. Ich geb Ihnen einen aus."

„Wenn Sie meinen, M'sieur."

„Gehen Sie doch ins Vieux Saumur", schlug Monsieur Gabriel vom Hotel Macé vor.

„Ja, und ich laß ein Glas für Sie übrig."

„Sie verstehen schnell", lachte er.

Noch einer, der mir schmeicheln wollte.

Im Vieux Saumur erfuhr ich nichts Neues. Was Clo mir erzählte, war so gut wie nichts. Nicht mal ein Foto ihres Geliebten hatte sie in der Tasche. Aus Enttäuschung war so was aus ihren persönlichen Papieren rausgeflogen. Aber sie hatte den kindischen Bildersturm nicht bis zum äußersten Gipfel getrieben und beichtete mir, daß sie noch ein paar Schnappschüsse und Vergrößerungen aufbewahrt hatte. Wahrscheinlich über ihrem Bett. Vielleicht war jetzt ein Foto gar nicht mehr nötig. Trotzdem hätte ich mir gern eins näher angesehen. Das Mädchen hatte großes Vertrauen zu mir und war damit einverstanden, daß ich mit in ihre Wohnung kam.

Sie wohnte am anderen Ende des Arrondissements, in der Rue Sainte-Foy. Eine laute Gegend, die von den keuchenden Motoren der anfahrenden Lastwagen widerhallte. Aber es war ganz in der Nähe ihrer Arbeitsstelle, einem Atelier für künstliche Blumen. Sie hatte ein mehr oder weniger separates Zimmer in der Wohnung einer alten, kranken Tante. Das erklärte, warum sie nicht mit Victor Marcellin zusammengewohnt hatte. Ich hoffte, für alles würde sich schließlich eine so einfache Erklärung finden.

„Hier", sagte Clo und legte eine ganze Fotoserie vor mir auf den Tisch. „Wollen Sie eins mitnehmen?"

„Ich kann ja das nehmen, was Ihnen am wenigsten gefällt", sagte ich.

Sie schluchzte ein wenig und reichte mir eins. Ein ziemlich affektiertes, aber völlig scharfes Foto.

„Ich finde ihn hart, da drauf."

Hart? Von wegen! Das hing ganz von der Situation ab. Ich steckte das Foto in die Brieftasche.

„Sehen Sie hier", sagte sie mit einem traurigen Lächeln. „Wir sind nicht gut getroffen, hm? Aber ich behalt's trotzdem. Wenigstens sind wir zusammen drauf."

Bestimmt verband sie damit eine Erinnerung an glückliche Stunden. Solche Fotos sollte man am besten sofort verbrennen. Vielleicht hatten die beiden Turteltauben gewettet: Wer macht das blödere Gesicht?

„Ist heimlich aufgenommen worden..."

„Sieht man."

„...Diese Fotografen auf den Boulevards, wissen Sie, einer seiner Freunde."

„Komischer Freund", konnte ich mir nicht verkneifen. „Er hätte warten können, bis Ihr Gesicht weniger...äh...na ja, Sie haben's ja selbst gesagt: nicht gut getroffen."

„Ach, das war eigentlich kein Freund. Hat er nur so gekannt, glaub ich.“

Sorgfältig legte sie die Fotos wieder ins Album zurück. Ich erwartete zwar nichts mehr von dem Mädchen, redete aber noch eine Weile mit ihr. Sie sprach wieder von der Hoffnung auf Reichtum und davon, daß ihr Journalist sie jetzt sitzen lassen würde. Das übliche Gejammer, diesmal berechtigt. Hab ich schon oft erlebt.

„Wenn ich daran denke, wie nett er sein konnte. Einfach so wegzugehen, ohne mir was zu sagen. Als ich mal völlig abgebrannt war, hab ich noch Heimarbeit angenommen. Und er hat auch mitgeholfen. Und seine Blumen waren genauso schön wie die anderen...“

Sie zeigte zum Kamin hin, auf dem sich zwei malvenfarbene Blumen in einem Wasserglas duellierten.

„Die hat er gemacht.“

„Wie heißen die?“

„Bill.“

„He?“

„Bill.“

„Das ist doch kein Blumenname, oder?“

„Ein englischer Vorname. Das sind Iris, aber er hat sie zum Spaß Bill getauft. Ich weiß nicht, warum. Wissen Sie, Journalisten haben manchmal komische Ideen...“

Ich lachte:

„Ideen aus dem Almanach Vermot! Bill. Iris. Biliris. Die Chansons von Biliris. Er liebt wohl Wortspiele, hm?“

„O ja!“

Und bestimmt immer dieselben. Hat sich richtig angestrengt, die Kleine zu verführen. Ihre Liebe ging so weit, daß sie mir die Wortspiele am liebsten sofort aufgetischt hätte. Nichts wie weg!

Ich ging in die Agentur. Hélène war nach Hause gegangen. Auf einem Zettel riet sie mir, mich nicht zu übernehmen. Ich hatte die Hand schon am Telefonhörer, überlegte es mir jedoch anders und ließ ihn auf der Gabel. Nicht nötig, Esther anzurufen, um was Neues zu erfahren. Ich schrieb mir aus Lemeuniers Zeitung die Adresse von Monsieur Maireaux alias Barthe raus. Place Gaillon. Dann ging ich ins Restaurant in die Rue des Moulins, um zu essen, was noch übrig war. Als Digestif nahm ich nochmal das Gesicht von Victor Marcellin unter die Lupe. Clo hatte recht. Ein hartes Gesicht. Energisch wie ein raffinierter Gangsterboß. Einer, der weiß, wie's gemacht wird. Langsam, Kleiner. Du bluffst, du gibst an. Das Foto hier ist nicht auf der Straße gemacht worden. Du siehst weniger großspurig aus, wenn du mit einer kleinen Sache zu deinem Arbeitgeber kommst, dem Erpresser und Professor für Gesang, und ihn dann mausetot vorfindest. Dann merkst du nämlich, wie brenzlig diese Branche ist, und läßt alles im Stich: Bude, Frau, Erpressung. Du verschwindest ganz einfach von der Bildfläche.

10
Großreinemachen

Als ich aus dem Restaurant kam, war es schon völlig dunkel. Ich nahm Kurs auf die Wohnung von Monsieur Eugène Maireaux, dem vornehmen Heimlichtuer, dem schwarzen Schaf einer der zweihundert besten Familien. Sein Haus an der Place Gaillon befand sich neben dem von Drouant, in dem der Prix Goncourt im Dezember Menschen glücklich macht. In einer anderen Art von Literatur hatte Lemeunier auch auf Lorbeer gehofft; aber es gab nur einen Kranz.

Ein steifer Diener teilte mir mit, Monsieur Maireaux sei nicht im Hause. Monsieur Maireaux sei in seinem Club in der Rue Louis-le-Grand.

Ein schwer zugänglicher Ort. Trotzdem gelang es mir, meine Karte bis zu Monsieur Maireaux vordringen zu lassen. Vielleicht war es ihm gar nicht so recht, daß ich in seinem Spiel mitspielte. Er ließ mich nicht übermäßig lange warten. Ich saß unter dem Kronleuchter des goldenen Salons und rauchte. Während ich mir noch so meine Gedanken über einen Plymouth machte, den ich vor dem eleganten Club gesehen hatte, kam Monsieur Maireaux zu mir in den Salon. Seine gepflegten Hände mißhandelten meine Visitenkarte. Ich hatte den Eindruck, sein Schielen war stärker geworden. Ohne Einleitung sagte er in scharfem Ton:

„Ich stelle fest, Sie haben keine Zeit verloren. Und Sie sind ein tüchtiger Detektiv. Für meinen Geschmack etwas zu tüchtig. Ich habe Sie nicht damit beauftragt, meine wahre Identität zu ergründen."

„In meinem Beruf zieht eins das andere nach sich", erwiderte ich als Erklärung.

Ich zeigte ihm das Foto des Journalisten.

„Das ist der junge Mann", sagte er. „Haben Sie ihn schon gefunden?"

„Noch nicht. Hab nur rausgekriegt, daß er hin und wieder Leute erpreßt. Aber das wußten Sie ja schon."

„Ich versteh nicht."

„Nicht mogeln. Das wird hier nicht gern gesehen. Spielen wir mit offenen Karten. Sie konkurrieren mit Lévyberg, Textilien, beim Kauf des *Méridien.* Ein schöner kleiner Skandal, der dem Juden schadet, wäre gar nicht zu verachten. Victor Marcellin hat irgendeine Waffe gegen Lévyberg in der Hand. Das wissen Sie, nicht nur so vom Hörensagen. Bestimmt hat Ihnen der junge Gauner den Vorschlag gemacht, Ihnen diese Waffe zu verkaufen. Aus irgendeinem Grund konnten Sie sich nicht einigen. Jetzt haben Sie Ihre Meinung geändert und versuchen, mit Marcellin wieder in Kontakt zu kommen. Stimmt's?"

Die Augen hinter den dicken Brillengläsern wurden größer und größer.

„Ich weiß wirklich nicht, was ich sagen soll, Monsieur."

„Vielleicht was Unanständiges?" schlug ich lächelnd vor.

Er lächelte zurück:

„Das ist nicht meine Art. Außerdem erkenne ich als Spieler Ihren Sieg an, Monsieur Burma. Wenn ich nicht weiß, was ich sagen soll, dann heißt das, ich habe Ihren Worten nichts hinzuzufügen."

„Danke für die Bestätigung. Darf ich fragen, welche Ware Victor Marcellin anzubieten hat? Vielleicht ist das jetzt die richtige Gelegenheit für ein unanständiges Wort?"

Er lachte:

„Sie legen anscheinend Wert darauf. Aber auf dieses Niveau werd ich Ihnen nicht folgen. Die Ware, wie Sie das nennen, die der junge Mann uns angeboten hat, kennen wir gar nicht. Wir wissen nicht mal, ob es sie wirklich gibt."

„Ich verstehe. Er wollte zuerst das Geld sehen. Das hat Ihnen nicht gefallen."

Monsieur Maireaux seufzte:

„Es gibt so viele Betrüger..."

„Hat er denn wenigstens vage Andeutungen gemacht?"

„Nein. Nichts."
Unvermittelt bemerkte ich:
„Auch nicht zufällig über die Gestapo?"
„Über die Gestapo? Nein!" Er war ehrlich erstaunt.
„Na schön..."
Ich verstärkte die Tätigkeit meines Kleinhirns.
„Fassen wir zusammen", sagte ich. „Der abenteuerliche junge Mann sucht Sie auf. Seine verständliche Heimlichtuerei erweckt bei Ihnen den Eindruck, einen Betrüger vor sich zu haben. Vorsichtig, wie Sie sind, schmeißen Sie ihn raus. Dann aber erfahren Sie, daß diese angebliche Waffe gegen Lévyberg tatsächlich existiert. Neulich brauchte Lévyberg nämlich nach Schalterschluß plötzlich eine sehr hohe Summe in bar, nicht wahr?"
Er antwortete nicht. Auch in seinen schielenden Augen stand Sprachlosigkeit. Ich fuhr fort:
„Er ließ bei seiner Bank nicht locker. Oder aber er hat sich hier im Club was geliehen, wo er Mitglied ist. Als Sie das hören, begreifen Sie, daß Marcellin dabei ist, die wichtige Waffe an Lévyberg zu verkaufen. Sie wollen die abgebrochenen Verhandlungen wiederaufnehmen. Wenn der Erpresser, was zu vermuten ist, noch eine Kopie der verkauften Dokumente hat (unter uns gesagt: Lévyberg hat noch nichts gekauft!), wird er sie Ihnen überlassen. Nur eine Frage des Preises. Aber Marcellin ist verschwunden, und weil Sie ihn nicht alleine auftreiben können, engagieren Sie einen Privatdetektiv, unter dem Namen Ihres Rechtsberaters, um nicht unnötigerweise Mißtrauen zu erwecken."
„Sie sind amüsant!" rief Maireaux-Barthe. „Erstaunlich. Sie verstehen verteufelt schnell..."
Er sah mir in die Augen, so gut es ging.
„...Sie wissen genausoviel wie ich. Ich frage mich nur, warum Sie hierher gekommen sind."
„Ich bin hierher gekommen, damit Sie mir meine Überlegungen bestätigen", sagte ich. „Guten Abend, Monsieur."

Ich ging zum Schlafen in die Agentur.

Das Klingeln des Telefons riß mich aus einem bleiernen Schlaf. Bevor ich abhob, sah ich auf die Uhr. Zwanzig nach zwei. Eine ruhige, heitere Nacht. Ich machte Licht und ging schwankend an den Apparat. Nach nicht weniger als fünfzehn Sekunden hatte ich den Hörer am Ohr.

„Hallo!“ sagte ich gähnend.

„Sind Sie's, lieber Burma? Endlich. Hier Esther.“

Ihre Stimme zitterte vor Aufregung.

„Ach ja? Tag. Wie geht's Ihnen denn so?“

Etwas einfallslos, aber ich schlief noch.

„Ich möchte Ihnen etwas zeigen. Sofort. Können Sie kommen?“

„Zu Ihnen?“

Sie stieß ihr seltsames Lachen aus:

„In ein Bistro an der Place du Caire. Ist die ganze Nacht geöffnet. Kommen Sie?“

„Ja“, gähnte ich mechanisch.

Das entsprach nicht so ganz meinen Gedanken. Ich wollte noch nach Erklärungen fragen; aber da gähnte ich schon wieder, wie eine Leere. Als ich dann was anderes als Knurren hervorbringen konnte, hatte meine Gesprächspartnerin aufgelegt. Der Teufel sollte sie holen. Trotzdem, ich konnte sie nicht im Stich lassen. Verdammt nochmal! Wenn mir das damals jemand gesagt hätte, 1930... Ich zog mich langsam und träge an. Als ich meinen Hut aufsetzen wollte, überlegte ich mir, daß mir etwas Wasser im Gesicht guttun würde. Ich ging ins Badezimmer. Dann schlich ich wie ein Schlafwandler durch die menschenleeren Straßen.

Vor der Kreuzung Montmartre-Louvre belebten wir uns, die Straße und ich. Die Ungetüme der Lebensmittelgroßhändler fuhren vollbeladen zu den Hallen. Sie begegneten den Lastwagen der Zeitungsauslieferer. Die ziemlich reine Nachtluft machte mich wieder munter.

Auf der Place du Caire beschimpfte ein einsamer Betrunkener das Licht an dem Pissoir, das dort mitten auf dem Platz steht. Ich ging in das Bistro, in dem Esther auf mich wartete. An der Theke standen zwei Fernfahrer, kräftige Kerle mit verschlafenen, ernsten Gesichtern. Keine Esther. Ich bestellte beim Kellner einen Kaffee, fragte ihn aber nichts. Sich über eine Frau Sorgen machen, die einen versetzt hat! Wär ja noch schöner. Mit dem schlechten Geschmack von Zichorie im Mund stand ich wider auf dem kleinen Platz, mutterseelenallein. Schlafende Lastwagen versperrten die Rue du Nil. Irgendwo klapperte eine Druckerei. Sehr weit weg stimmte eine heisere Stimme ein patriotisches Lied an: der Betrunkene kam zurück, um seinen Rausch auszuschlafen. Die Köpfe der Sphinxe an der Fassade des Gebäudes zur Passage du Caire schienen mich erkannt zu haben. Sie gaben mir ein Rätsel auf.

Ich weiß nicht, warum ich mich in die Passage hineinwagte. Vielleicht, weil das Gittertor offenstand. Auf leisen Kreppsohlen ging ich an den feindseligen Geschäften entlang. Die dunklen Schaufenster enthielten das ganze Angebot an Damenunterwäsche oder weniger poetische Auslagen. In den Scheiben spiegelte sich meine unauffällige Gestalt. Plötzlich hatte ich das Gefühl, daß ich aus einem Geschäft heraus beobachtet wurde. Drei Sekunden lang hielt ich den Schein meiner Taschenlampe auf die wächsernen Schaufensterpuppen, auf ihre lächelnden Gesichter, ihre hübschen, rosigen, straffen Brüste. Dann stolperte ich vor einer Galerie über so was wie ein Stoffpaket. Es war aber kein Stoffpaket. Eher eine Schaufensterpuppe. Nicht so rosig, aber genauso leblos.

* * *

Aus der Telefonkabine eines Bistros in der Rue Paul-Lelong, in der lärmende Lagerarbeiter saßen, rief ich eine ganz bestimmte Nummer an:

„Kommissariat“, sagte eine schläfrige, heisere Stimme.

„Passage du Caire“, sagte ich.

„Und?“

„Frau erwürgt.“

„Nicht kleingehackt? Warte dort, Freundchen. Wir kommen sofort und amüsieren uns mit dir, du Witzbold."

„Und Rue Montorgueil, war das auch ein Witz?"

„Ach! Scheiße!"

Der Flic rief quer durch die Wachstube seinen kartenspielenden Kollegen zu:

„...Der Sadist hat wieder zugeschlagen."

Ob er mich dann noch was fragen wollte, weiß ich nicht. Ich war nicht mehr dran.

An dem Abend hatte Monsieur Maireaux bestimmt eine hübsche Summe gewonnen. So ein Glückspilz! Dagegen war der Skandal, der sich anbahnte, für Monsieur Lévyberg höchst unangenehm.

11

Das Markenzeichen

Als Hélène kam und mich weckte, hatte ich noch gar nicht lange geschlafen. Ich erzählte ihr von meiner Unterhaltung mit Maireaux, verschwieg ihr jedoch Esthers Anruf und das, was ich danach erlebt hatte. Dann wartete ich, ziemlich schlecht gelaunt. Gegen zehn Uhr kamen zwei Männer. Schlapphut, unauffälliger Anzug, naives Aussehen.

„Kommissar Faroux möchte Sie sprechen", sagte einer der Flics, nachdem er seine Dienstmarke vorgezeigt hatte, was vollkommen überflüssig war.

„Ach!"

„Ja."

„Faroux ist ein guter Freund von mir, aber meint er, ich laufe ihm nach?"

„Er möchte Sie sprechen", wiederholte der Flic.

„Habt ihr kein Telefon mehr?"

„Er hat Arbeit. Jetzt reicht's aber, ja? Kommen Sie mit oder nicht?"

„Und wer sagt mir, daß Sie keine falschen Flics sind?"

„Jules, hast du das gehört?" fragte er seinen stummen Kollegen. „...Falsche Flics! Hat einen feinen Riecher, der Herr Detektiv."

„Schon gut", lenkte ich ein. „Ich folge Ihnen unauffällig. Aber ein Benehmen ist das! Das wird mir Faroux büßen."

„Ist uns doch egal. Wir haben unsere Anweisungen."

„Muß ich einen Koffer mitnehmen? Bei euch kann man nie wissen."

„Von 'nem Koffer war keine Rede. Ihre Tippse kann ihn ja schon mal packen. Man kann nie wissen, wie Sie schon sagten."

„Also hören Sie mal!" protestierte Hélène.

„Schnauze!" sagte der Flic.

Kein Zweifel. Das waren richtige.

In der Rue Sainte-Anne wartete ein Polizeiwagen auf uns. Wir stiegen ein und fuhren los. Nicht in Richtung Quai des Orfèvres, sondern Rue des Jeûneurs. Ich sagte nichts. Die Angestellten von Berglevy, denen wir im Haus begegneten, machten ein Gesicht, das den Umständen entsprach. Geheuchelte Trauer, echte Neugier. In dem wohlbekannten Salon mit den Stilmöbeln hielt Faroux mit einigen Kollegen Kriegsrat ab.

„Aha, da sind Sie ja!“ rief er. „Sie kennen das Haus, nicht wahr?“

„Mehr oder weniger.“

„Monsieur René Lèvyberg?“

„Mehr oder weniger.“

„Mademoiselle Esther Lévyberg?“

„Etwas besser.“

„Gut. Ich bin zwar nicht mit der Untersuchung beauftragt, aber als ich erfuhr, daß Sie mit der Sache zu tun haben, dachte ich, ich schau mal rein.“

„Welche Sache?“

„Mademoiselle Lévyberg ist heute nacht umgebracht worden.“

Ich tat überrascht. Mit viel Talent. Hab mich lange drauf vorbereitet, unvorbereitet auszusehen. Faroux erklärte:

„Die Flics im Viertel sind angerufen worden, von dem Sadisten aus der Rue Montorgueil. Wollte jedenfalls unbedingt dafür gehalten werden. Sie fanden die Tote in der Passage du Caire, gegen drei Uhr morgens. Mit einem stumpfen Gegenstand niedergeschlagen, dann mit den Händen erwürgt...“

„Und weshalb...“

„Augenblick. Sie hatte ein Tagebuch bei sich, halb in Französisch, halb in Jiddisch. Ein wirres Geschreibsel – ich mein den französischen Teil, der andere wird noch übersetzt. Außerdem viele Namen. Sie sind auch mit von der Partie...“

„Danke für die Einladung.“

„Es ist die Liste ihrer Liebhaber. Anscheinend hatte sie ein flottes Liebesleben, hat nicht so genau hingesehen. Eine

Nymphomanin. Jeder kam in Frage. Konnte auch vorkommen, daß sie auf der Straße irgendeinen Unbekannten ansprach. Der Täter ist vielleicht einer dieser Zufallsbekanntschaften …"

„Ich gehörte nicht zu ihren Liebhabern. 1930 war ich nur ganz schön in sie verknallt, aber eben 1930."

„Das müssen Sie mir erzählen."

„Haben Sie mich dafür kommen lassen? Was schreibt sie über mich in ihrem Tagebuch?"

„Folgendes …"

Faroux blätterte in einem dicken Heft mit schwarzem Ledereinband.

„… *Nestor Burma* … Ihr Name kommt noch viermal vor. Sie schienen immerhin Eindruck auf sie gemacht zu haben … *Wenn Moreno zurückkäme. Nestor Burma wäre eine gute Adresse. Ausgezeichnete Idee. Nestor Burma wird mir seine Hilfe nicht abgeschlagen* … Dann zwei Seiten ohne Hand und Fuß."

„Nichts Beleidigendes über ihren Bruder?"

„Nein. Warum Beleidigendes?"

Esther hatte sich also nicht völlig dem Papier anvertraut. Folglich konnte man dem Rest auch nur bedingt Glauben schenken. Es sei denn, im jiddischen Text … Diese Sprache eignet sich vielleicht eher für Beschimpfungen.

„Sie liebte ihren Bruder nicht," sagte ich, „wenn Sie's genau wissen wollen. Er hat ihre erste Liebesromanze versalzen."

„Das weiß ich. Monsieur Lévyberg hat uns von diesem Moreno erzählt, und auch von dieser Liebesromanze, wie Sie es nennen. Er hat uns sogar gesagt, daß Moreno einer Ihrer Freunde war. Komischer Vogel, dieser Lévyberg."

„Er sagt aber die Wahrheit."

„Und dieser Moreno soll zurückgekommen sein?"

„Esther bildete es sich ein. Deshalb hat sie mit mir wieder Kontakt aufgenommen."

„Um Das Schlimmste zu verhüten?"

„Ja."

„Was haben Sie unternommen?"

„Nichts. Weil's nichts zu unternehmen gab. War alles dummes Zeug. Moreno ist tot."

„Der auch? Verdammt! Wird ganz schön viel gestorben in Ihrer Umgebung."

„Er ist nicht in meiner Umgebung gestorben. Auch nicht vor kurzem. Schon 1937. In Spanien, von den Falangisten erschossen."

Faroux runzelte die Stirn:

„Also, ich mißtraue diesen Kerlen, die weiß Gott wo krepiert sind. Letzte Woche hab ich einen von diesen Gespenstern verhaftet. In Rußland gestorben, in der Uniform der Waffen-SS. Hab ihn an der Porte de la Chapelle festgenommen, in der Uniform der Fremdenlegion..."

Ich schwieg.

„Na schön", sagte er. „Darum geht's hier nicht."

Er fing an, zusammen mit seinen Kollegen, mir eine Menge langweiliger Fangfragen zu stellen. Immer dieselben, nur jedesmal anders. Dann ließen sie René Lévyberg rufen. Er kam rein, die Augenlider mehr denn je in Bewegung, aber nicht gerade vor Kummer gebeugt. Eher unangenehm berührt. Wir hielten so eine Art Fünferkonferenz ab, wobei meistens nur die Flics redeten. Nach einer Weile hatten die Herren das Gefühl, Steuergelder zu vergeuden, und entließen uns gnädig. Zusammen mit Lévyberg verließ ich den Salon.

„Ich möchte Sie sprechen", sagte ich.

„Wüßte nicht, warum", knurrte er.

„Ich bin über Esthers Tod sicher betrübter als Sie."

„Ja und? Ist das ein Grund, mich zu belästigen?"

„Haben Sie sie getötet?"

Er fuhr aus der Haut.

„Sie Idiot! Sie verdammter Detektiv..."

Er stieß einen offensichtlich wenig freundlichen Satz in jiddischer Sprache hervor, dann:

„...Oh, nicht daß ich das manchmal nicht gerne getan hätte! Sie war eine Hure, genau das Richtige für Moreno.

Aber ich bekleide eine gesellschaftliche Stellung und muß meine Gefühle bremsen ... nicht immer, aber häufig."

„Eben. Nicht immer. Manchmal können die Bremsen versagen."

„Was wollen Sie damit sagen?"

„Ich dachte an die Okkupation ..."

Er sah mich erstaunt an.

„Was hat die Okkupation damit zu tun?"

„Nichts. Mußte nur dran denken, als ich Sie so sah."

„Ach ja? Antisemitisches Bedauern vielleicht?"

Hörte sich echt an. Die Okkupation erinnerte ihn nur an übersteigerten Antisemitismus. Ich hielt ihn nicht für Esthers Mörder, aber man kann ja nie wissen. Wenn er erfahren hätte ... Aber er hatte nichts von der Rolle erfahren, die seine Schwester bei der Verhaftung der ganzen Familie gespielt hatte.

„Ich bin für keine zwei Pfennig antisemitisch."

„Für keine zwei Pfennig. Fehlt nur noch, daß Sie von den berühmten dreißig Silberlingen sprechen!"

„Dafür bin ich zu höflich. Auf Wiedersehen, Monsieur."

Mechanisch gab ich ihm die Hand. Er stieß sie zurück.

„Ich bin aber nicht so höflich! Machen Sie, daß Sie rauskommen!"

Sein Ton mißfiel mir. Also ärgerte ich ihn noch etwas:

„Es wäre mir ein Vergnügen gewesen, Ihnen die Hand zu geben. Eine kräftige Hand, hart und fest. Beinahe die eines Mannes, der mit den Händen arbeitet."

„Oder vielleicht auch, der erwürgt?"

„Warum nicht?"

Er zuckte die Achseln und sah seine Hand an. Schloß sie, öffnete sie, schloß sie wieder usw. Wohl ein Tick von ihm. Hatte er schon mal gemacht.

„Ich hab noch alle meine Finger", bemerkte er.

„Wenn man würgen will, braucht man die wohl auch."

„Ach ja? Die Polizisten haben nicht ..."

Die Tür zum Salon ging auf, und Faroux kam raus. Er hatte unsere Unterhaltung ganz oder zum Teil mitgekriegt.

„Reden Sie keinen Blödsinn, Burma!“ schimpfte er. „Kümmern Sie sich um Ihre eigenen Angelegenheiten. Werden 'ne Menge zu tun haben. Die Spuren am Hals von Mademoiselle Lévyberg beweisen, daß dem Mörder der kleine Finger an der rechten Hand fehlt. Bei Ihrer Vorliebe zur Poesie sollten Sie mehr an Gespenster glauben.“

* * *

„Also wirklich!“ rief Hélène, als ich ihr die Neuigkeiten erzählte.

„Man wird uns noch weismachen wollen, daß Kriege gar nicht so mörderisch sind, wie wir meinen“, seufzte ich.

Ich telefonierte, um mit Leuten Kontakt aufzunehmen, die ich seit mehreren Jahren aus den Augen verloren hatte. In einer Geschäftsstelle der Gewerkschaft saß ein Mann namens Hervé. Er konnte mir zwar nicht großartig weiterhelfen, erinnerte mich aber an einen Korrektor in einer Druckerei, einen gewissen Pillet. Nach einigen Telefonaten wußte ich, bei welcher Zeitung Pillet jetzt arbeitete. Wir verabredeten uns für drei Uhr morgens im Croissant, einem Bistro für Zeitungsausträger. Danach genehmigte ich mir eine wohlverdiente Pfeife. Den ganzen Tag über blieb ich in der Agentur. Hielt sogar ein kleines Schläfchen. Um sechs Uhr holte Hélène die neuesten Ausgaben der Abendzeitungen.

Der Mord an Esther Lévyberg wurde nur am Rande erwähnt. Ihr Bruder hatte einen langen Arm, mit dem er sich verteidigte und versuchte, den Schaden so gering wie möglich zu halten. Die Zeitungen schrieben nur, daß Esther Lévyberg von dem Sadisten aus der Rue Montorgueil angefallen worden war, als sie von Freunden zu Fuß nach Hause ging. Das war alles. Der Sadist hatte einen breiten Rücken. Er hatte auch lange Beine und konnte schnell laufen, was mich nicht sehr überraschte. Die Ermittlungen in dem Mord an Marion gingen also nicht voran. So ein Pech! Der Zuhälter der Prostituierten, dieser wichtige Zeuge, von dem man so viel erwartete, ließ die Polente im Stich. Man hatte seine Leiche auf einem unbebauten Gelände an der Porte de Châtillon gefunden. Wahrscheinlich waren hier alte Rechnungen beglichen worden.

Mich konnte nichts mehr erschüttern. Ich war auf alles gefaßt.

* * *

Gegen drei Uhr morgens traf ich mich, wie verabredet, mit Pillet im Croissant. Zusammen mit einigen anderen Korrektoren schlürfte er seine Zwiebelsuppe. Ein Mann von etwa sechzig Jahren, der die Stellung an der Roten Front hielt. War zwar etwas skeptischer geworden, was die Möglichkeiten zur Verbesserung der Gesellschaft anging, setzte aber den Kampf fort. Ich brachte mich ihm wieder in Erinnerung. Nach ein paar harmlosen Späßchen über meinen jetzigen Beruf forderte er mich zum Sitzen auf.

„Georges Moreno!" sagte er, als ich ihn nach meinem Freund fragte. „Oder, wenn's dir lieber ist, Denis Séverin. So nannte er sich doch in Barcelona, oder? Als ich in Spanien war, während des Bürgerkriegs, hab ich ihn oft im *Casa Francesa* getroffen. Prima Kerl. Etwas zu intellektuell für einige. Trotzdem hat er sich geopfert. Wie Emile Cottin und viele andere. Sind alle da unten gestorben."

„Eben", sagte ich. „Anscheinend nicht."

„Von wem hast du das?"

„Wird erzählt!"

„Dann laß sie erzählen! Ich hab 1937 gehört, daß die Franquisten ihn erschossen haben. Mußte es sogar in der Zeitung lesen."

„Seine Leiche hast du demnach nicht gesehen?"

„Weißt du," lächelte er wie ein Engel, „man bringt sie nicht hinter die Linien, um sie feierlich beizusetzen."

„Klar! Wenn ich nur Gewißheit kriegen könnte..."

Pillet überlegte eine Weile, dann sagte er:

Gonzalès könnte dir vielleicht mehr darüber sagen. Der Spanier hat in derselben Einheit gekämpft wie Séverin. Er arbeitet auch als Drucker. Ich geb dir seine Adresse, weiß nicht genau, ob die noch stimmt. Er hatte die Zeitung abonniert, die ich ab und zu herausgebe. Inzwischen hat er sie abbestellt. Es geben mehr auf, als man meint... Na ja..."

Er blätterte in einem Notizbuch.

„Hier ist seine Adresse."

Ich notierte sie.

Früher hatte Moreno ein besonderes Talent dafür, fast jedem durch die Lappen zu gehen. Jetzt machte er's wieder genauso, tot oder lebendig. Taler, Taler, du mußt wandern! Das konnte lange dauern. Fast entmutigt ging ich nach Hause und legte mich schlafen.

12

Vorhang für Marcellin

Den nächsten Vormittag widmete ich zum größten Teil der Suche nach Gonzalès. Die Adresse, die Pillet mir gegeben hatte, stimmte schon eine Ewigkeit nicht mehr. Ich wurde von Hotel zu Bistro, von Bistro zu Restaurant geschickt. Schließlich landete ich vor einem Haus in der Rue Saint-Spire, wo mein *hidalgo* angeblich wohnte. Ich stutzte. Von hier war es nicht weit bis zur Passage du Caire. Wenn Moreno noch unter uns weilte und wiedergekommen war, um sich an Esther zu rächen, konnte Gonzalès ihn bei sich verstecken ... Mal sehen. Ich klingelte. Entweder hatte er frei, oder er arbeitete nachts. Jedenfalls war er zu Hause. Die Tür wurde einen Spaltbreit geöffnet. Ich sah direkt in ein Zimmer, in dem ein ziemliches Durcheinander herrschte. Gonzalès sah typisch spanisch aus: braungebranntes Gesicht, durchdringende Augen mit wunderschönen Wimpern und ein von der Rasur bläuliches Kinn.

„*Salud,* Genosse Gonzalès", sagte ich.

„Gonzalès reicht", verbesserte er mich. Harter Akzent. „Die Genossen, die können mich ..."

„Schon gut. Ist mir völlig egal. Ich will mit dir nicht über Doktrinen diskutieren. Ich komme von Pillet. Mein Name ist Nestor Burma."

„Der Name sagt mir was", erwiderte er nachdenklich, ohne sich zu rühren.

Lange brauchte er nicht nachzudenken, was mein Name ihm sagte. Was ein guter Ruf doch ausmacht! Gestenreich sagte er:

„Hau ab. Ich mag keine Flics."

„Ich auch nicht."

„Hau ab, sag ich dir."

„Von wegen!"

Ich setzte meinen Fuß zwischen die Tür.

„Hör mal zu, Gonzalès. Stell dich nicht so blöd an. Laß

mich rein. Ich will dir nur ein, zwei Fragen stellen. Wenn ich ein falscher Flic bin, hast du doch nichts zu befürchten. Bin ich aber 'n richtiger, kann ich dir 'ne Menge Ärger machen, wenn du mich nicht reinläßt."

„Schon gut. Komm rein und stell deine Fragen. Fragen kannst du ruhig."

Ich folgte ihm in das unaufgeräumte Zimmer. Ein kleiner Tisch, voll von Heften, Zeitungen, Aschenbecher und Briefbeschwerer. Wir standen daneben und sahen uns einen Augenblick lang wie zwei Kaminhunde an. Lachend zeigte Gonzalès auf meine Pfeife mit dem Stierkopf.

„Hast du keine Angst vor dem Töten?"

Ich überging die Bemerkung, steckte die Pfeife ein und sagte:

„Georges Moreno. Nannte sich auch Denis Séverin und Gaudy. Ein früherer Freund von mir. War in der *Colonne Duruti*..."

Ich sagte ihm alles, was ich wußte, beschrieb Moreno usw.

„War auch mein Freund", nickte der Spanier.

„Scheint tot zu sein."

„Möglich."

„Neuerdings hört man das Gegenteil."

„Auch möglich."

„Verarschst du mich?"

„Ich? Wieso? Du wolltest Fragen stellen. Jetzt stellst du Fragen."

Von Anfang an spielte er mit einem Briefbeschwerer, einem rechteckigen Stück Blei. Sah schwer aus. Ging mir so langsam auf die Nerven. Alles ging mir so langsam auf die Nerven. Nichts lief so, wie ich es wollte. Ich hatte die Schnauze voll.

„Hör auf damit", sagte ich.

„Was denn?"

„Mit dem Ding da."

„Ach! Schnauze!" explodierte er.

Ich streckte den Arm aus, um den Briefbeschwerer zu nehmen. Zu spät. Er hatte ihn außer Reichweite gelegt. Ich versetzte ihm eine rechte Gerade. Er gab sie mir zurück. Nächste Runde. Er stieß mir den Tisch mit dem ganzen Kram in die Beine. Ich taumelte zurück, mein Kopf flog zur Seite. Gute Idee. Drei Zentimeter neben meinem Ohr landete der schwere Briefbeschwerer dumpf an der Wand. Ich machte einen Satz nach vorn und holte unterwegs meine Kanone raus. Mit dem Pistolengriff schlug ich dem Choleriker eins über den Schädel, so daß für ihn die Nacht hereinbrach. Ich nutzte das aus und sah mich im Zimmer um. Nichts. Jedenfalls nichts für mich. Kein Moreno unter den verstreuten Zeitungsblättern. Kein Moreno in der Schublade. Ich hob den Briefbeschwerer auf. Eine massive Bleiplatte mit scharfen Kanten. Der Drucker hatte sie sicher von seinem Arbeitsplatz mitgehen lassen. Ich hielt die Waffe in der Hand.

Gonzalès kam wieder zu sich, schüttelte sich.

„Wir sind ein hübsches Paar", sagte er.

„Hättest mich mit dem Ding hier umbringen können", sagte ich und wiegte das schwere Stück Blei in der Hand.

„Wär vielleicht kein großer Verlust gewesen. Hätte mir nur viel Ärger eingebracht. Ich muß auch immer Scheiße machen. 'Tschuldigung, *hombre*, aber wenn ich Flics seh, seh ich rot. So 'ne Scheiße!"

„Aber nein! Du hast eben Anarchistenblut. Kochst über. Gut. Kommen wir zu Moreno zurück."

„Wenn du willst. Bringen wir's hinter uns, und reden wir nicht mehr drüber."

Jetzt drehte sich das Gespräch wieder um Moreno. Wenn er noch lebte, mußten ihm die Ohren klingeln. Aber er war tot. Gonzalès, der sich wieder ein wenig beruhigt hatte, bestätigte es mir. Ich glaubte ihm. Wenn der lebende Moreno zurückgekommen wäre und der Spanier ihn bei sich versteckt hätte, wie mir das einen Augenblick lang durch den Kopf geschossen war, hätte der sich nicht unvorsichtigerweise zu so flicfeindlichen Ausfällen hinreißen lassen.

Ich ging in die Agentur zurück.

Warum zerbrach ich mir eigentlich den Kopf? Esther hatte

mich bezahlt, damit ich sie vor Moreno beschützte. Jetzt war sie tot. Außerdem hatte ich mir vorgenommen zu verhindern, daß Lévyberg durch die Erpresser von Esthers Verrat erfuhr. Jetzt konnte es ihr nichts mehr ausmachen. Sie war tot, wie gesagt. Alice zuliebe konnte ich vielleicht versuchen, ihren oder ihre Mörder zu finden. Einen Würger, dem an der rechten Hand der kleine Finger fehlte. Wie Moreno. Oder vielleicht einen Würger, der im Besitz aller Finger war, aber so tun wollte, als ob...

Verdammt nochmal! Ich hatte Lévyberg nie erzählt, daß Moreno tot war!

* * *

„Aber warum hätte Lévyberg diesen Mord begehen sollen?" rief Hélène, als ich ihr meine Entdeckung mitteilte. „Sie haben mir logisch bewiesn, daß ein Skandal ihm schaden würde."

„Er hat mir selbst anvertraut, daß er sich nicht immer bremsen kann. Und ein Skandal... Sehen Sie sich die Zeitungen an. Er wußte, daß er es vertuschen kann..."

„Bis er verhaftet wird, falls er der Täter ist. Wird ihm wohl kaum gelingen, solch einen Skandal zu vertuschen."

„Stimmt."

„Nehmen wir mal an, er ist der Täter. Dann hat er wohl von dem Verrat seiner Schwester erfahren?"

„Ja."

„Durch Victor Marcellin?"

„Ja."

„Dieser Waschlappen, der abgehauen ist?"

„Vielleicht ist das gar nicht so ein Waschlappen, wie ich gedacht habe, Hélène."

Sie schüttelte ihr hübsches Köpfchen. Das kastanienbraune Haar tanzte um ihr Gesicht. Sie lächelte.

„Ich glaube, Nestor Burma, Sie müssen wieder von Null anfangen."

„Alles wieder von vorne? Vielen Dank. Ich hab wirklich keine Lust, das mit Marion zum Beispiel nochmal durchzuspielen."

„Ich meine das ernst", erwiderte sie ärgerlich. „Keine Marion, auch kein anderes Mädchen. Überlegen Sie mal..."

„Überlegen Sie bitte für mich. Sie kommen nicht gerade aus einer *corrida* mit einem wildgewordenen Torero! Hätte mich bald mit diesem stumpfen Gegenstand erwischt... Oh! Scheiße!"

„Haben Sie auch schon lange nicht mehr gesagt."

„Stumpfer Gegenstand! Der... Nein, ich phantasiere. Erzählen Sie, meine Liebe."

„Sie haben immer geglaubt, daß René Lévyberg bedroht wurde. Und zwar mit den Dokumenten über den Verrat seiner Schwester. Woher wollen Sie das wissen? Es handelt sich bestimmt um ganz was anderes. Der Wirbel um Sie herum, seit Esther Sie besucht hat! Steht doch in gar keinem Verhältnis zu dieser alten Denunziationsgeschichte. Auch wenn Sie keinen Zusammenhang sehen wollen zwischen dem Mord an Lemeunier, Dolivet...äh...Marion, Esther...ich meine,..."

„...mit Ihrer weiblichen Intuition..."

„...daß da einer besteht. Wenn Sie genau wüßten, welche Dokumente Marcellin besitzt, würden sich vielleicht alle Geheimnisse lüften."

„Sie haben recht. Ich werde mich ernsthaft auf die Suche danach machen. Wenn er Lévyberg etwas verkauft hat, muß ich wissen, was. Und wenn Esther dadurch beschuldigt wird, wenn das den Beweis liefert, daß sie ihre ganze Familie an die Gestapo verraten hat, auch auf die Gefahr hin, selbst dabei draufzugehen, dann haben wir den Mörder. Gut. Als nächstes knöpf ich mir nochmal diese Clo vor und quetsch sie über ihren Liebhaber aus. Jetzt arbeitet sie noch. Werd mit ihrer alten Tante beginnen, die ich kurz gesehen habe. Kommen Sie mit, Hélène. Sie werden ihr Vertrauen einflößen, genauso wie der Kleinen. Bei der werden Sie mir übrigens keinen Vorwurf machen können..."

Sie durchbohrte mich mit ihrem Blick, und ich hielt die Klappe. Als wir gerade weggehen wollten, klingelte das Telefon. Marc Covet.

„Heute geht meine Bombe hoch", sagte er. „Ja, klappt früher, als ich dachte. Will mich nicht beklagen. Zwischendurch hab ich geglaubt, es würde nie was. Können Sie kommen? Um halb sechs, im *Crépu*. Hab 'ne Überraschung für Sie."

„Marcellin?"

„Der ist mir doch scheißegal."

„Na schön. Ist Hélène auch eingeladen?"

„Die gesamte Agentur Fiat Lux, wenn Sie wollen. Um so besser."

„In der Bar wahrscheinlich?"

„In der Bar. Immer in der Bar."

Er hatte wohl schon ganz schön was getrunken.

* * *

Da das Hotel Macé auf unserem Weg lag, schauten wir dort rein. Der sanfte Monsieur Gabriel las einen Kriminalroman. Stammte direkt aus der Bibliothek seines herumvagabundierenden Mieters. Von ihm hatte er allerdings immer noch keine Nachricht.

Das alte Haus in der Rue Sainte-Foy, in dem Clo mit ihrer Tante wohnte, sah erholsam friedlich aus. Den Platz davor mit den Bäumen hätte man provinziell nennen können, wäre er nicht in einen ständigen Parkplatz verwandelt worden. Die Straßen hier im Viertel hallten wider von dem Motorenlärm und dem Klappern aus den Druckereien. Aber wenn man in dem uralten Treppenhaus war, vergaß man alles. Wir gingen in die zweite Etage, ich läutete an der Wohnungstür von Clo. Es war keine elektrische Klingel. Man zog an einer ziemlich abgenutzten Schnur mit einem roten Quast. Das Läuten der Glocke zerriß die Stille, erstarb langsam, aber niemand meldete sich. Ich zog nochmal an der Schnur. Immer noch nichts. Hélène neben mir seufzte. Ähnelte schon mehr einem Klagelaut. Mir lief es kalt über den Rücken.

„Gelähmt“, sagte ich tonlos. „Fährt in der Wohnung mit einem Rollstuhl herum, aber nicht nach draußen. Bis heute nicht, jedenfalls.“

„Leider nein!“ murmelte Hélène. „Sie ist da. Versuchen Sie nicht, sich was einzureden. Sie wissen doch, daß sie da ist. Für Nestor Burma sind immer alle da.“

„Halten Sie die Klappe, oder ich hau Ihnen eine runter“, schimpfte ich, leicht nervös. „Oh!... Hören Sie mal!...“

Aus der Wohnung drang ein schwaches Geräusch.

„Madame“, rief ich.

„Verschwinden Sie“, hörten wir durch die Tür eine zittrige, angsterfüllte Stimme.

Erfreut atmete ich auf.

„Haben Sie keine Angst, Madame“, sagte Hélène.

„Verschwinden Sie“, wiederholte die Alte. „Gehen Sie, oder ich ruf die Polizei.“

„Wir sind doch so was Ähnliches. Nestor Burma, Madame. Der Detektiv. Erinnern Sie sich? Ich war gestern hier, mit ihrer Nichte Clothilde. Ich brauchte ein Foto von...von ihrem Verlobten... Victor Marcellin...“

„Von diesem Kerl will ich nichts mehr hören... Verrückter! ...Hat hier alles kaputtgeschlagen, mich bedroht...Ich mach nicht auf. Nie mehr! Verschwinden Sie!“

Ich faßte Hélène am Arm und drückte ihn so sehr, daß ich ihr wehtat.

„Großer Gott! Er ist zurückgekommen! Wir müssen mehr darüber wissen. Sprechen Sie, so sanft Sie können. Sie müssen die Alte überreden, uns zu öffnen.“

Hélène ging mit dem Mund ganz nah ans Schlüsselloch und versuchte, die gute Frau davon zu überzeugen, daß wir ihr nichts tun wollten. Und es gelang ihr!

In dem runzligen Gesicht der alten Dame stand die nackte Angst, die erst nach und nach verschwand. Hélène, sanft wie ein Engel, beruhigte sie, so gut es ging. Ich sah mir inzwischen Clos Zimmer an, das Marcellin, wie die Tante sich ausdrückte, verwüstet hatte. Tatsächlich war es auf den Kopf gestellt. Mitten in dem ganzen Durcheinander lagen die Scherben der Vase. Die künstlichen Iris, die der Journalist an einem romantischen Tag gebastelt hatte, waren ganz zerfleddert. Ich ging zurück zur Tante, die sich jetzt wieder völlig beruhigt hatte.

„Erzählen Sie mir genau, wie das passiert ist“, bat ich sie.

„Er ist grade erst weggegangen. Sie hätten ihm fast im Treppenhaus begegnen können. Sehr höflich, wie immer, als ich die Tür aufmachte. Aber dann ist er sehr schnell ins Zimmer der Kleinen gegangen. Hat geflucht wie verrückt und einen Höllenlärm veranstaltet. Ich hab nachgesehen. Er hat alles kaputtgeschlagen. Dann ist er abgehauen, wie der Blitz. Hat mir noch Gemeinheiten zugerufen. Fast hätte er mich geschlagen...“

„Ich muß mit Ihrer Nichte sprechen. Wann kommt sie nach Hause?“

„Heute abend, etwas später als sonst. Sie haben viel Arbeit...“

„Gut, dann kommen wir wieder...“

Als wir wieder auf der Straße waren, sagte ich zu Hélène:

„Aha! Haben Sie kapiert?“

„Er hat was gesucht, aber nicht gefunden. Und das hat ihn so wütend gemacht.“

„Genau. Überflüssig zu fragen, was. Also hat er Lévyberg noch nichts verkauft. Inzwischen gehen wir zu Marc Covets großem Empfang. Ich hatte eben ganz schön Schiß. Werd wohl so langsam alt.“

Wir gingen durch die Rue Saint-Denis zur Rue Réaumur. Als wir uns dem Pressegebäude mit dem Terrassencafé näherten, hörten wir plötzlich von der anderen Straßenseite einen lauten, unnatürlichen Schrei. Dann fiel die junge Frau, die den Schrei ausgestoßen hatte, in Ohnmacht. Sofort breitete sich Panik unter den Menschen aus, die sich vor den Schaukästen der Tageszeitungen drängten. Autos hielten an. Alle sahen nach oben, an der Fassade des Zeitungshauses hoch, konnten ihre schreckgeweiteten Augen nicht von dem grauenhaften Schauspiel lösen. Vom Himmel fiel eine Art Riesenvogel, der sich um die eigene Achse drehte und einen dumpfen Klagelaut von sich gab, wie ein verwundetes Tier. Die verrenkten Arme und Beine schwebten oder verdrehten sich. Die plötzliche Stille wurde durch das widerliche Aufklatschen des Körpers auf dem Pflaster zerrissen.

Etwas Zartes, grün und malvenfarben, wurde schwerelos vom Wind aus der Bahn getrieben, die der Mann bei seinem freien Fall verfolgte. Anmutig landete eine künstliche Iris vor meinen Füßen. Ich hob sie auf, steckte sie ein und ging zu den erstarrten Schaulustigen, die einen Kreis um den blutigen Körper gebildet hatten. Ein weniger empfindlicher Mann, der wie ein Arzt aussah, bahnte sich einen Weg durch die Menge, beugte sich über die Leiche, drehte sie auf den Rücken. Man sah ein kantiges Gesicht unter blonden Haaren. Die unsanfte Berührung mit dem Asphalt hatte seine Nase wieder gradegebogen.

Monsieur Marcellin, für die Damen Victor. Noch eine Leiche für Nestor!

13
Ein Zipfel des Schleiers

Ich ging wieder zu Hélène, die ich in dem ganzen Wirrwarr verloren hatte. Sie stand mit aschfahlem Gesicht und zitternden Lippen neben dem Torbogen des Gebäudes.

„Diese Männer ... diese Männer ...“ sagte sie benommen.

„Gehen wir nach oben, was trinken, mein Schatz. Das wird Ihnen guttun.“

Ich zog sie zum Aufzug. Draußen hörte man die sich nähernden Polizeisirenen.

Oben auf der Terrasse beugten sich 'ne Menge Leute gefährlich weit über das Geländer und sahen auf die Straße runter, als wollten sie Victor Marcellin hinterherspringen. Marc Covet wurde richtig umschwärmt und hielt eine Art Pressekonferenz ab. Auch er sah sehr mitgenommen aus.

„Und nun?“ fragte ich ihn. „War das die Überraschung?“

„Verdammt nochmal!“ schnauzte er mich an. „Ich hab Ihnen doch gesagt, daß das 'ne Nervensäge war.“

„Viel ist da nicht mehr zu sägen.“

„Der Blödmann! Roger konnte nicht mal Fotos machen ...“

Der Pressefotograf neben ihm mit seiner Rolleiflex sah genauso hilflos aus wie eine Henne mit einem Stehkragen.

„Er kann ja runtergehen und ein Paßfoto machen“, sagte ich. „Marcellin bewegt sich nicht mehr.“

„Um den ging's doch gar nicht ...“

„He! Covet!“ rief jemand von der Tür zur Bar. „Der Chef will dich dringend sprechen.“

„Großer Gott!“ fauchte mein Freund. „Nach dem Theater ist der glatt in der Lage und feuert mich!“

Er nahm die Beine in die Hand und lief zu seinem Boß. Ich ging mit Hélène in die Bar und mixte ihr eigenhändig einen Gesundheitstrank. Die blonde Kellnerin stand zwischen den beiden Blumensträußen hinter der Theke und wußte nicht mehr, was sie tat. Die Anwesenden waren völlig kopflos. Ein bärtiger Riese äußerte die Meinung, Marcellin habe Selbstmord verübt. Aus Liebeskummer. Er hatte ihn gesehen, vor sich hinträumend, eine Blume in der Hand. Ein sicheres Zeichen. Die Kellnerin kam hinzu und stotterte, er habe die Blumen selbst gemacht und ihr geschenkt.

Dann traten, wie bei *Jack in the box*, vier Flics aus dem Fahrstuhl, dessen Höchstlast sie bei weitem überschritten hatten. Zwei in Uniform, zwei in Zivil. Sie verlangten von jedem die Papiere. Wir mußten in der Bar bleiben, während sie die Terrasse inspizierten. Als sie zurückkamen, wandte sich der Älteste an mich. Privatdetektiv, Freund von Kommissar Faroux, das flößte dem Inspektor Vertrauen ein. Pech für ihn. Ich konnte ihm leider nicht weiterhelfen. Hatte meine Gründe dafür. Also befragte er die anderen Mitglieder der ehrenwerten Gesellschaft. Am meisten sagte noch die Kellnerin aus, schluchzend und stotternd:

„Mehr als einen Monat hab ich M'sieur Victor nicht gesehen. Er schien nervös, ging dann auf die Terrasse. Dann kam M'sieur Covet mit seinen Freunden. Alle waren hier in der Bar. Keiner war auf der Terrasse. Nur M'sieur Victor... Ich brachte die Getränke, und zwei von den Herren gingen auch auf die Terrasse. Sie waren aber nicht lange draußen. Kamen sofort wieder rein. ‚Nichts wie weg', haben sie gerufen. ‚Da ist so'n verrückter Akrobat auf die Straße gesprungen!' Und wie der Blitz waren sie weg."

Während sich der Inspektor einige Einzelheiten näher erklären ließ, zog Hélène mich beiseite.

„Diese Männer...", flüsterte sie mir zu. „Ich hab diese Männer gesehen, als sie aus dem Gebäude kamen. Sie sind zu einem Wagen gestürzt, drei oder vier, in ihrer Mitte noch einer. Zwei hab ich wiedererkannt. Die Zwei aus der Rue Montorgueil."

* * *

Marc Covet sahen wir nicht mehr. Tagelang nicht. Als die Flics uns wieder laufenließen, gingen wir direkt in die Agentur. Ich hatte keine Lust mehr, die arme Clo zu besuchen. War jetzt wohl auch überflüssig.

„Also Hélène, das waren die Kerle aus der Rue Montorgueil?"

„Ja."

„Covets Freunde! Das soll mir der *amigo* erst mal erklären. Zwischenbilanz: Dieselben Männer, die mir den Mord an Marion in die Schuhe schieben wollten, haben Marcellin von der Terrasse geworfen. Sie hatten recht, Hélène. Alle diese Morde müssen was miteinander zu tun haben. Irgendwo treffen sie sich und kriegen Kinder. Lüftet aber auch nicht den Schleier, hm? Zum Glück werden wir endlich erfahren, was das für Dokumente sind, mit denen man Lévyberg erpreßt. Immerhin eine Nuß weniger zu knacken."

Ich zeigte der überraschten Hélène die künstliche Iris:

„Bill Iris. Ein blödes Wortspiel. Dazu noch schief. Bill ist die Abkürzung für William. Und William Iris ist von der Aussprache her ähnlich wie..."

„... der Name des Kriminalschriftstellers! William Irish..."

„Die bevorzugte Literaturgattung unseres lieben Marcellin. Hielt sich für schlau. Hier, fassen Sie mal diesen dicken Stengel an. Mit Draht umwickelt."

„Ist da was drin?"

„Klar. Das fragliche Dokument, oder ein Hinweis darauf. Pech für Marcellin. Er hat mehrere Blumen gebastelt und wußte dann nicht mehr, in welche er was reingetan hatte. Ein ganz Schlauer, ich sag's Ihnen. Als er sah, daß in den Blumen bei Clo nichts drin war – deswegen war er so wütend! –, hat er hier nachgesehen, in den Blumen, die er der Blonden geschenkt hatte. Sie waren noch nicht im Müll gelandet. Ein Glück für Nestor. Er wird jetzt das Geheimnis der Iris lüften..."

Als vor uns ein Haufen Stoff- und Papierfetzen lag, schickte ich Bill Iris und meine gewagten Kombinationen zum Teufel. Die Blumen, die er mir vom Himmel geschickt hatte, enthielt kein Dokument. Nichts.

Ich fluchte endlos vor mich hin.

Als gelungene Abwechslung schrie sich unter unserem Fenster ein Zeitungsverkäufer heiser:

„Extrablatt... Sensation... Kaufen Sie den *Crépu*..."

Ich ging runter und kaufte ein Exemplar. Auf der Titelseite explodierte die Bombe von Marc Covet, über deren Sprengstoff bis jetzt keiner hatte Auskunft geben können. In riesigem Fettdruck konnte man lesen:

EXKLUSIVINTERVIEW

Staatsfeind? Nein! ich bin eine Erfindung der Journalisten, erklärt der meistgesuchte Gangster von Frankreich, Henri Péronnet, unserem Mitarbeiter Marc Covet.

Es ist Zeit, schrieb der Schnaps-Journalist oder sein Chefredakteur im Vorspann, *mit einigen Legenden aufzuräumen. Ist Péronnet wirklich der gefährliche Gangster, als der er uns geschildert wird? Unsere Leser sollen entscheiden. Jedenfalls stimmt es nicht, daß man nicht an ihn herankommt! Unser Redakteur Marc Covet, bekannt für sein Interesse für Kriminalfälle, hat, um objektive Berichterstattung bemüht,...* usw.

Objektiv? Daß ich nicht lache! Das Interview ging über drei Spalten, dichtgedruckt, und war eine einzige Rechtfertigung und ein Plädoyer für den Gangster. Ein kleiner Heiliger, ein unschuldiges Opfer. Nur neidische oder übelwollende Menschen hingen ihm raffiniert dies oder das an. Er bestritt, der Gestapo angehört zu haben. Der Beweis: seine Deportation. Ab und zu nahm der Text Bezug auf ein Foto, das aber nicht abgebildet war. Das waren die bewußten Fotos, die Covets Anhang Roger auf der Terrasse oder in der Bar hätte machen sollen. Die Sonderausgabe sollte schnell raus, und so hatte man den Text nicht mehr korrigieren können. Immerhin war ein Archivfoto von dem Gangster drin. Genauso hatte mir Florimond Faroux den Kerl beschrieben: weiße Haare, Hornbrille, das rechte Ohrläppchen angewachsen. Sah mehr nach einem Geschäftsmann aus als nach einem Gangster.

Ich hatte ihn noch nie im Leben gesehen. Aber trotzdem kreuzten sich häufig unsere Wege. Er war der Organisator der blutigen Falle in der Rue Montorgueil; er hatte Marcellin von der Terrasse in der siebten Etage werfen lassen; und er stand auch hinter dem Schützenfest in der Rue Saint-Denis, bei der ich unfreiwilliger Zeuge gewesen und festgenommen worden war. Irgendetwas nicht Faßbares, winzig und nebulös, schoß mir durch den Kopf. So winzig, daß es sich ins Nichts auflöste, bevor ich diesen flüchtigen Gedanken festhalten konnte.

Ich zeigte Hélène Péronnets Gesicht.

„Ist das einer der Männer?"

„Nein", sagte sie entschieden.

„War er bei denen, die aus dem Pressehaus rannten?"

„Hab ihn nicht gesehen. Aber da er der Boß ist, wird er von seinen Leuten bestimmt eingerahmt."

„Sicher. Lesen Sie Covets Artikel, und sagen Sie mir dann, was Sie davon halten..."

„Na ja," sagte sie, als sie fertig war, „immer noch so unverschämt und findig, wie wir ihn kennen..."

„Findig!" lachte ich. „So wie Marcellin. Der hat Péronnet wohl kaum alleine aufgespürt. Der Gangsterboß hat bestimmt Annäherungsversuche gemacht. Denn ihm ist der Artikel willkommen. Der ist nämlich tatsächlich schlau. Seine scheinbar nichtssagenden Äußerungen können nur die Flics verstehen. Und die sind noch viel findiger und werden sich sofort auf die falschen Fährten stürzen... Na ja, uns kann's egal sein. Aber mir ist völlig klar, daß dieser Journalisten-Coup Faroux ganz und gar nicht gefallen wird. Und daß er sich für Covets Freunde interessieren wird. Vor allem für einen. Hauen wir mal schnell ab, Hélène, bevor die Polente auftaucht."

Wir gingen weit weg in ein Restaurant. Beim Essen las ich

den Artikel über Marcellins Tod. Zeugenaussagen zufolge hatte sich der unglückliche junge Mann aus irgendeinem Grund aufs Geländer gestellt und war abgerutscht.

Ein Zeitungsverkäufer kam ins Restaurant und bot die sensationelle Sonderausgabe des *Crépu* an.

„Hab ich schon gelesen", sagte ich zu ihm.

„Nicht die hier. Ist soeben rausgekommen."

Das Interview mit Péronnet stand immer noch auf Seite 1. Aber jetzt fiel mein Blick auf einen ziemlich großen „Kasten". Marc Covet war zum Quai des Orfèvres gebracht worden, um sich zu den zwielichtigen Gestalten zu äußern, von denen die Kellnerin gesprochen hatte. Bis zur ersten Sonderausgabe hatte er ein bewundernswertes Berufsethos an den Tag gelegt und der Fragerei widerstanden. Jetzt wurde er aber gar nicht mehr gefragt. Kommissar Faroux hatte den Fall energisch in die Hand genommen. Wütend hatte er Marc Covet wegen Begünstigung einsperren lassen.

* * *

„Dicke Luft", sagte ich zu Hélène, als wir das Restaurant verließen.

„Vielleicht sollten Sie jetzt auch mal was tun?" legte sie mir nahe.

„Nicht wahr? Nestor muß schließlich seinen Senf dazugeben. Wenn auch nur, um seine Ehre zu retten..."

„Eben", lächelte sie. „Wenn auch nur, um die verunglückten Spielereien mit dem Namen William Irish wiedergutzumachen."

Wütend kaute ich auf meiner Pfeife herum.

„Ach ja? So ist das also, hm? Machen Sie sich ruhig über mich lustig! Na gut... Herrgott nochmal! Schließlich wollte Marcellin sich seine Blumen nicht ins Knopfloch stecken... Wie spät? Neun? Gehen wir zu Clo. Sie kommen mit. Erstens, weil ich Sie bezahle. Zweitens, um die Augen offenzuhalten, wegen der Flics, und schließlich, weil Sie die arme

Kleine besser als ich trösten können. Die weint sich bestimmt die Augen aus dem Kopf."

In der Rue Sainte-Foy war die Luft rein. Wie vorauszusehen, jammerte Clo in ihrem Zimmer. Die alte Tante dagegen schien der Meinung zu sein, daß dieser Verrückte, dieser Gauner, es nicht besser verdient hatte. Was sie natürlich nicht laut sagte.

„Ich hab's schon gehört..." schluchzte Clo. Ihr hübsches Gesicht war tränenüberströmt. „Hat er...hat er sich wegen mir...umgebracht?"

„Red keinen Unsinn!" schimpfte die Alte.

„Er hatte Angst, eine falsche Bewegung...", sagte ich.

Das war einfach nur so ein tröstlicher Satz, der mir in den Kopf kam. Später dann... Ich kam auf die Iris zu sprechen. Es gab noch eine andere, ebenfalls aus der Werkstatt des Bastlers – Basteleien aller Art –, und diese Iris hatte sie bei ihren persönlichen Sachen im Betrieb.

„Ich brauche die Blume", sagte ich. „Wir müssen unbedingt Ihren Boß rausklingeln."

„Oh, nicht nötig!" rief sie. „Auf den Schreck hin hab ich gekündigt und meinen ganzen Kram mitgebracht."

Als sie die künstliche Blume hervorholte, riß ich sie ihr aus der Hand.

„Was machen Sie da?" schrie sie. „Ein Andenken..."

„Ich nehm sie auseinander", antwortete ich und brachte mich außer Reichweite.

„Verrückte, lauter Verrückte", seufzte die Kranke und nahm die Armlehnen des Rollstuhls zu Zeugen.

„Hier!" schrie ich triumphierend. „William Irish hatte doch was zu sagen, Hélène!"

Zwischen zwei Lagen Stoff und Papier, fest um den Stengel gewickelt und von Draht gehalten, kamen zwei Fotografien und ein Negativ zum Vorschein.

„Was ist das denn?" rief Clo.

„Verrückter Kerl", rief die Alte. „Der spinnt wirklich."

„Damit wollte er reich werden", erklärte ich.

Auf den Fotos und dem Negativ waren zwei Männer zu sehen. Auf der Straße, ins Gespräch vertieft. Offensichtlich dicke Freunde. Der eine war René Lévyberg, der andere Henri Péronnet.

„Und der versteckt sich nicht", bemerkte ich. „Da, Hélène. Sieht so aus, als bemühte er sich, daß man sein auffälliges Ohr sieht. Dabei sollte er es eigentlich verstecken. Komisch..."

„Ja", sagte Hélène. „Normalerweise, bei diesen heimlichen Straßenfotos..."

„Verdammt! Clo, meine liebe Clo, Marcellin hatte einen Freund, der ist Straßenfotograf, haben Sie doch gesagt..."

„Das war kein Freund. Kannten sich nur so. Ich hab sie nur einmal zusammen gesehen. Nein, zweimal. Bei dem Foto, das ich Ihnen gezeigt habe, wo wir zusammen drauf sind. Und dann... ja, ich glaube, er hat ihm einen Film gegeben."

„Wie sah der Fotograf aus? Zufällig wie ein Korse, dunkler Typ und so?"

„Doch, ich glaub, er ist sogar Korse. Heißt irgendwie mit i."

„Paolizi. Emilio Paolizi?"

„Den Vornamen hab ich vergessen. Aber Paolizi, so hieß der. Ich kann mich noch dran erinnern, weil ich früher mal in einem Restaurant gegessen habe, das hieß genauso..."

14

Stoffe und Blüten

„Immerhin etwas", sagte Hélène.

Wir gingen durch die verlassenen dunklen Straßen zu Lévyberg. In diesem Teil des Viertels hört alles Leben auf, sobald die Nacht hereinbricht. Vielleicht war der Tuchhändler gar nicht zu Hause. Vielleicht würde er nie mehr zu Hause sein. Aber wir konnten's ja mal versuchen.

„Ja", sagte ich. „Also: Paolizi ist Péronnets Komplize und schießt das Foto. Das kann vor allem Lévyberg kompromittieren, denn Péronnet zeigt freundlicherweise sein auffälliges Ohr, damit kein Zweifel über seine Identität besteht. Schlußfolgerung: Péronnet ließ das Foto machen, um Lévyberg erpressen zu können."

„Also kennen sich Lévyberg und Péronnet?"

„Offensichtlich. Nur weiß Lévyberg nicht, mit wem er's zu tun hat."

„Meinen Sie?"

„Erst mal weiter. Péronnet will das Negativ haben. Fehlanzeige. Paolizi will selbst abkassieren. Gibt es einem, den er flüchtig kennt. Marcellin hat den Vorteil, offiziell nichts mit dem Korsen zu tun zu haben. Péronnet nimmt sich Paolizi vor. Der verrät nichts, stirbt aber an der Behandlung. Wenn er geredet hätte, hätte Marcellin nicht erst heute Ärger gekriegt. Dante will seinen Bruder rächen. Er weiß, wann Péronnet in das Bistro in der Rue Saint-Denis geht, und organisiert eine Strafexpedition. Ergebnis: vier weitere Leichen."

„Macht zusammen fünf."

„Sie können aber gut rechnen. Wochen vergehen. Marcellin, Zauberlehrling und Schreiberling von Lemeunier, will die Früchte der Arbeit von Paolizi ernten."

„Er oder Lemeunier?"

„Nur er. Lemeunier hat nichts damit zu tun, kriegt aber trotzdem das Fell über die Ohren gezogen. Dazu kommen wir später. Marcellin schlägt unserem Freund Maireaux ein Geschäft vor. Der schmeißt ihn raus. Also wendet er sich selbst an Lévyberg. Schreibt ihm, man vereinbart die Kleinanzeige, falls Lévyberg einverstanden ist, diktiert den genauen Text der Anzeige, darin kommen „Gute Nachrichten" vor – Marcellin will damit klarmachen, daß es ernst ist, denn der Direktor der *Bonne Nouvelle* hat sich auf diesem Gebiet einen großen Namen gemacht. Ich sag's Ihnen noch mal: Marcellin ist ein ganz Schlauer, feinfühlig wie ein Vorschlaghammer, immer gut für einen Trick, der ihm seine krumme Nase geradesetzt. Schön. Er wartet, genießt noch ein paar Tage voller Vorfreude seinen zukünftigen Triumph."

„Woher wissen Sie das?"

„Ich ziehe meine Schlüsse. Er antwortete nicht sofort auf die Anzeige. Ich aber. Zu dem vereinbarten Treffen erscheint Dolivet. Der entlassene Flic weiß über 'ne Menge Bescheid. Täte aber manchmal besser daran, sein Gehirn gar nicht erst einzuschalten."

„Offensichtlich von Lévyberg geschickt."

„Lassen Sie Lévyberg aus dem Spiel. Im Bistro kein Brillenträger zu sehen. Dolivet meldet den Reinfall dem anderen Brillenträger."

„Wem?"

„Péronnet."

„Das ist doch Unsinn!"

„Das ist ganz einfach. Sie werden schon sehen. Zurück zu Dolivet. Péronnets Freund. Und Komplize. Péronnet will zwar, daß Lévyberg erpreßt wird, aber nicht von jemand anderem. Und diese geheimnisvolle Verabredung, zu der keiner kommt, das gefällt ihm gar nicht. Und daß ich in diesem Puff auftauche, gefällt ihm noch weniger. Darauf kommen wir aber später nochmal zurück. Gut. Sie setzen sich zusammen und reden darüber, und da hat der ehemalige Flic – das sind natürlich alles nur Spekulationen, aber Sie werden sehen, Hélène, es kann gar nicht anders abgelaufen sein – da hat der ehemalige Flic eine geniale Idee..."

„Ich dachte, das wär nur Ihr Revier..."

„Wo haben Sie das denn her? Ein Vokabular ist das... Genau diese Idee hatte ich etwas später auch. Wie ich schon sagte, eine geniale Idee. Dolivet bringt Lemeunier und die Anzeige mit den ‚Guten Nachrichten' in Zusammenhang. Sie gehen zu Lemeunier. Schlägerei."

„Toter Nummer sechs und sieben."

„Ja. Lemeunier und Dolivet, kurz hintereinander. Péronnet und seine Leute finden nicht das, was sie suchen, weil der Erpresser zufällig mal nichts damit zu tun hat. Und von Marcellins Existenz wissen Sie noch nichts. Andererseits macht sich Péronnet über mich Sorgen, daß ich in der Rue de la Lune bin, daß ich mich mit Marion woanders treffen will..."

„Kennt er Sie denn?"

„Ja. Er stellt mir in der Rue Montorgueil die Falle, an der ich zugegebenermaßen mit herumbastle. Achte Leiche."

„Ich gönn Ihnen ja nichts Böses, Chef, aber...ich weiß nicht, ich find das alles sehr kompliziert. Wär doch viel einfacher gewesen, Sie zu erledigen."

„Einfach, aber nicht gerade geschickt. Mein Tod wär ihm schlecht bekommen. Sie werden sehen. Aber mich als sexuelles Monster hinzustellen, das Drogen nimmt, seiner Partnerin auch Drogen gibt und sie dann tötet, das paßte in den Kram. Und mich bei derselben Gelegenheit aus dem Verkehr zu ziehen, das paßte ihm noch besser in den Kram."

„Und dann?"

„Dann läßt er mich in Ruhe. Wahrscheinlich hat er keine Zeit, um sich kunstvoll mit mir zu beschäftigen."

„Und Victor Marcellin?"

„Als der seinen Chef tot vor sich sieht, erkennt er Péronnets Handschrift, kriegt Schiß und haut ab. Dann hört er von dem Mord an Esther. Hat sich inzwischen wieder etwas beruhigt und sagt sich, daß Lévyberg nach einer solchen Katastrophe nachgeben wird. Also Zeit zum Abkassieren. Er kommt in die Rue Sainte-Foy. Seine wertvollen Fotos sind nicht da. Die Iris in der Rue Réaumur ist auch nicht die richtige. Und wer kommt auf die Terrasse spaziert, wo er ganz alleine sitzt? Zwei Leibwächter von Péronnet. Die Panik raubt ihm den letzten Rest Verstand. Er kommt gar nicht drauf, daß die beiden Männer ihn überhaupt nicht kennen. Will sich verstecken, fliehen, über das Geländer auf einen anderen Gebäudeteil klettern. Rutscht aus und stürzt ab. Die anderen sehen das, staunen, verstehen nichts. Machen, daß sie wegkommen, weil sie sich ausrechnen können, daß die Flics gleich da sind."

„Also ein Unfall?"

„Ja."

„Trotzdem: Toter Nummer neun."

„Zehn."

„Wieso zehn? Ach ja, Esther."

„Nein, mit Esther sind's elf. Den neunten Platz auf dieser schwarzen Liste nimmt Marions Zuhälter ein. Der Mord an seinem Pferdchen hat ihm sicher nicht gefallen. Er schlägt Krach, kommt auf dem unbebauten Gelände an der Porte de Châtillon zur Ruhe."

„Und Esther?"

„Die wußte bestimmt zuviel von ... von dem Gangster."

„Also ist ihr Bruder nicht der Täter?"

„Nein. Wir wissen jetzt, daß er keinen besonderen Grund hatte, seine Schwester umzubringen. Esthers Verrat aus Rache hätte ihn sicher dazu getrieben, aber er wußte ja nichts davon."

„Dann hat Moreno mit Péronnet zusammengearbeitet?"

„Moreno ist tot. Sieh an, noch einer. Aber der zählt nicht. Der steht auf einer anderen Liste."

„Aber ... die vier Finger!"

„Täuschung."

„Von jemandem, der die alte Romanze von Esther kennt und glaubt, daß Moreno noch lebt. Da sind wir wieder bei Lévyberg."

„Psst."

Wir befanden uns nicht mehr weit von dem Gebäude der Firma Berglevy. Aus dem Haus trat ein Mann und kam eilig die Rue des Jeûneurs hoch in unsere Richtung. Er ging zwar auf der anderen Straßenseite, aber besser ist besser. Ich zog Hélène in eine dunkle Häuserecke und tat so, als würde ich sie leidenschaftlich abknutschen. Der Mann ging vorbei, ohne einen Blick zu uns rüberzuwerfen. Ich ließ Hélène los.

„Sie haben mich befummelt", sagte sie vorwurfsvoll.

„Es sollte ja echt aussehen", rechtfertigte ich mich. „Passen Sie auf, wir wenden diesen angenehmen Trick nochmal an. Wir werden ihm nämlich folgen."

„Wer ist das? Lévyberg?"

„Sagen Sie mal, haben Sie was gegen Juden? Lassen Sie doch ein für allemal Lévyberg in Ruhe."

Ecke Rue Saint-Fiacre blieb ich stehen.

„Ich werde alleine hinterherrennen. Das ist nichts für kleine Mädchen. Ich hab meine Kanone, das reicht. Aber die Fotos hier von Lévyberg, die brauch ich jetzt nicht. Bei Ihnen sind sie besser aufgehoben. Hier, stecken Sie sie in Ihren Strumpf."

„Ich hab doch eine Tasche!" antwortete sie schnippisch und ließ die Fotos darin verschwinden.

„Gut. Also, auf Wiedersehen und gute Nacht, mein Engel. Schlafen Sie gut und träumen Sie was Schönes."

Sie zuckte die Achseln. Ich ging weiter.

Mein Mann bog in die Rue de Mulhouse ein, dann in die Rue de Cléry, und kam auf die Place du Caire. Hier hatte sich noch nichts verändert. Sphinxe, Pissoir, Bistro, Lastwagen in der Rue du Nil. Im Moment noch keine Leiche, aber das kam sicher noch. Hélène und ich hatten ja nur eine vorläufige Liste aufgestellt. Wie neulich war das Klappern der Druckerei zu hören. Dazu kam der Krach der großen Verkehrsadern in der Nähe und die Kakophonie der Radios aus den Häusern. Ich hatte meinen Mann in der Rue du Caire aus den Augen verloren. Ich stellte mich in eine dunkle Ecke, auf jede Taktik gefaßt. Ganz in meiner Nähe, vor einem Lagerhaus, in dem noch gearbeitet wurde, stand ein großer Lastwagen für internationale Transporte. *Spedition T.B.R.L. Lévyberg Nachf.*

Paris, France, stand auf der Rückseite. Das Klappern der Druckmaschinen verstummte. Stattdessen drangen gedämpfte Stimmen an mein Ohr. Das Führerhaus des Lastwagens wurde geöffnet. Zwei Männer stiegen aus. Einer davon war der Mann, den ich verfolgte. Ohne Eile gingen sie ein paar Meter und verschwanden dann in einem dunklen Hausflur. Ich wartete einen Moment, bevor ich mich hinterherwagte. So eben konnte ich mich noch hinter einem Abfalleimer verstecken. Eine niedrige Tür mit einem Emailschild – ich konnte nicht lesen, was draufstand – öffnete sich leise. Zwei auffallend elegante Männer kamen heraus. Heute abend ging man im Duett aus. Keiner von beiden interessierte mich. Ich blieb in meinem übelriechenden Versteck. Ein Lastwagen fuhr weg. Dann wieder Stille. Ich kam hinter meinem Abfalleimer hervor und ging zu der Tür. Auf dem Emailschild stand: Druckerei. Ich horchte. Nichts. Ich betastete die Tür. Metall. Hm... Etwas schwer aufzubrechen. War das überhaupt nötig? Und war das ratsam? Und war das...

Peng! machte es in meinem Kopf. Ich begrüßte das Gefühl wie einen alten Bekannten. Verdammt! Beinahe hätt' ich's vergessen. Der gute alte Schlag mit dem stumpfen Gegenstand, der gute alte vertraute Schlag mit dem Hammer, der immer an einem Punkt der Ermittlungen auf Nestor wartet. Ich hätte ihn beinahe vergessen. Höchste Zeit...

* * *

Auf einem Haufen Druckbögen kam ich wieder zu mir. Hand- und Fußgelenke waren gefesselt. Vermischter Geruch kitzelte mir die Nase. Es roch nach Kellerfeuchtigkeit, Drukkerschwärze, Papier und fabrikneuem Tuch. Ich lag in einer Art Kabuff, der einen Lagerkeller mit einer Druckerei verband. Durch dreckige Scheiben konnte ich in die hellerleuchtete Werkstatt sehen.

Vier Männer erledigten unter der Aufsicht eines fünften eine seltsame Nachtarbeit. Seltsam, aber bestimmt gutbezahlt Spitzenlohn für Überstunden. Die Druckmaschinen ruhten aus, aber nicht die Drucktypen. Auf einem Broschiertisch lag jede Menge rechteckiges buntes Papier, das den Blüten echter Hundertdollarnoten verdammt ähnlich sah. Auf einem zweiten Tisch – weiter weg, damit nichts schmutzig werden konnte – lagen ausgerollt neue Stoffe, die fachmännisch wieder um eine Holzplatte gewickelt wurden. Bei jeder Drehung wurden Banknoten mit eingerollt. Wenn ein Stoffballen vorschriftsmäßig fertiggerollt war, wurde er nach oben gebracht. Wahrscheinlich lag er dann in einem Lastwagen unter den normalen, anständigen Stoffballen. Gar kein schlechter Trick. Genial war es vor allem, das Ding unter dem Dach des ehrenwerten, soliden und fast hundertjährigen Hauses Lévyberg zu drehen.

Das also hatte Esther herausgefunden. Deshalb mußte sie sterben. Ein kräftiger Schlag auf den Kopf und danach noch Morenos Finger. So wurde keiner von ihnen verdächtigt.

Und verantwortlich dafür war der Kerl, der vor meinen Augen hin und her stolzierte. Elegant, vornehm, redegewandt, Typ Arsène Lupin, dazu aus Fleisch und Blut. Scherzend ging er in seinem gutgeschnittenen dunklen Anzug in der Werkstatt auf und ab und trieb seine Komplizen an. Dabei spielte er mit einem kleinen Gegenstand aus Perlmutt, der in dem Licht der elektrischen Glühbirne blitzte. Trotzdem konnte er verstehen, was die anderen sagten, und ihnen antworten. Er war nämlich überhaupt nicht taub. Aber mit dem Hörapparat konnte er so schön das ärgerliche besondere Kennzeichen an seinem Ohr verbergen, das der Polizei wohlbekannt war. Und die Kontaktlinsen waren schließlich nicht für die Katz erfunden worden. Trotz seiner starken Kurzsichtigkeit konnte Péronnet ohne Brille auskommen.

Dieser Mann hatte Esther erwürgt, Marion erdolcht. Hatte auch Lemeunier und noch einige andere umgebracht, aber die waren mir egal. Nur Esther und Marion... Und bald auch sicher Nestor...

Ich überprüfte meine Fesseln. Schön fest, aber nur Schnur.

Ich zappelte auf meinem Papierbett, suchte irgendetwas Scharfkantiges. Überall liegt doch ein Stück Eisen herum. Überall. Nur hier nicht. Schließlich fand ich aber doch einen kaputten Ziegelstein. Daran rieb ich meine Handgelenke. Ich hatte es fast geschafft, als ich jemand kommen hörte. Einer von den Gangstern blieb vor mir stehen.

„Hallo!" rief er. „Der Junge, der sich neue Visitenkarten drucken lassen wollte! Ist wieder aufgewacht."

„Bring ihn her", befahl Péronnet.

Ein Zweiter kam hinzu. Während einer mich mit dem Revolver in Schach hielt, befreite der andere meine Füße von den Fesseln. Dann wurde ich rücksichtslos in die Druckerwerkstatt gestoßen.

„Hier ist der Junge, der sich neue Visitenkarten drucken lassen wollte", wiederholte der eine nochmal mit einem breiten, blöden Grinsen. Der nutzte wohl seine Scherze bis zum Erbrechen ab.

„Visitenkarten?" fragte Péronnet. „Du mußt dich irren, Jo. Was soll Monsieur Burma jetzt noch mit Visitenkarten anfangen? Wird wohl keine Visite mehr machen. Im Gegenteil, er kriegt 'ne hübsche Todesanzeige..."

„Hihihi!" machte Jo.

„Schnauze!" knurrte ich.

„Ich sehe, Sie schätzen meinen Humor nicht, Monsieur Burma. Dann kann ich ja kurzen Prozeß mit Ihnen machen. Ich hab's übrigens sowieso eilig. Noch heute werde ich Frankreich verlassen. Jo..."

Jo ließ mich eine Sekunde aus den Augen. Eine heftige Bewegung, und die Fessel, die ich schon mit dem Ziegelstein halb durchgescheuert hatte, war ganz durch. Sofort stürzte ich mich auf Jo und nahm ihm die Kanone ab. Dann sprang ich unter eine Maschine. Hartmetall, umgeben von Stößen von Papier, was als Bollwerk dienen konnte. Kaum war ich in meinem Unterstand gelandet, als auch schon meine Kanone Feuer spuckte. Um mir nichts schuldig zu bleiben, gaben sie es mir von allen Seiten. Tobten rum wie die Wilden. Die

Kugeln prallten dumpf auf das Metall auf oder drangen in das weiche Papier ein. Fast fühlte ich mich in die Rue Saint-Denis zurückversetzt. Rue Saint-Denis! Was war ich doch für ein Dussel gewesen. Sicher, ich hatte damals nicht Bescheid gewußt, aber Herrgott nochmal! Ich hätte doch etwas besser aufpassen sollen! Hätte kapieren müssen, daß sich der Korse damals einen Dreck um meine bescheidene Person gekümmert hatte. Dafür aber um einen anderen, der neben mir gestanden hatte und mir auf den Wecker gegangen war. Und den ich dann später hinter dem Auto wiedergetroffen hatte. Monsieur Bonfils, der vornehme falsche Taube. Wenn ich dieses besondere Kennzeichen am Ohr bemerkt hätte, hätte ich mich hinterher vielleicht mehr für diesen Mann interessiert. Na ja... dafür hatte er sich um so intensiver um mich gekümmert. Außerdem, was sollte das Gejammer? Jetzt war ich reif. Ich hatte noch eine Kugel, und dann hatten sie mich. Sie konnten schon mal die Todesanzeige drucken. Ich wollte mich nur noch um einen guten Abgang bemühen.

In der Werkstatt wurde die Knallerei immer schlimmer. Die Maschine gab mir volle Deckung. Aber wohl fühlte ich mich nicht gerade. Der Krach, die vermischten Gerüche von Öl, Druckerschwärze und Kordit, alles störte mich. Ich verschoß meine letzte Kugel. Mitten hinein in die plötzliche Stille brüllte jemand:

„Vorsicht, Burma! Kommen Sie da unten vor!"

War das nicht die Stimme von Florimond Faroux?

Auf allen Vieren kroch ich aus meinem Unterstand. Dann richtete ich mich auf und besah mir die Bescherung. Faroux' Leute führten gerade drei „Drucker" in Handschellen ab. Péronnet lag in einer Ecke, so tot, toter ging's nicht. Jo und noch ein anderes Mitglied dieser ehrenwerten Gesellschaft begleiteten ihn auf der großen Reise. „Noch heute nacht werde ich Frankreich verlassen." Wie man sagt, wenn man in die Auvergne fährt: Ich verlasse Frankreich und die Welt...

Neben dem Kommissar stand eine zierliche Person:
„Und drei, macht vierzehn, Hélène", sagte ich.

Sie fiel mir um den Hals.

„Sie verdient einen Extra-Kuß", sagte Faroux. „Danken Sie Ihrem Schutzengel, Burma. Sie hat die Gefahr gewittert, und da sie nicht ganz so blöd ist wie Sie, ist sie Ihnen bis hierher gefolgt, anstatt schlafenzugehen. Dann hat sie mich angerufen. Ein nettes Mädchen. Aber verdammt nochmal, Burma! Ich will Ihnen mal eins sagen: Ich bin nur gekommen, weil Sie hier an der Place du Caire waren. Sonst hätte ich Sie krepieren lassen, egal wo. Ich wäre einfach nicht gekommen, so nett Hélène auch ist. Aber Place du Caire, das war was anderes ..."

Nein, ich hatte nicht gerade einen Beweis meiner Intelligenz geliefert. Einen Punkt wollte ich aber wenigstens doch noch machen.

„Ja", sagte ich gleichgültig. „Esther Lévybergs Leiche ist hier gefunden worden, nicht wahr? Erwürgt, aber vorher mit einem stumpfen Gegenstand niedergeschlagen. Haben Sie endlich doch noch gemerkt, daß das eine schwere Druckplatte war?"

Nachspiel

Stoffe Berglevy. Fünf Etagen. Eine Fassade, so breit wie eine Flußmündung. Der Portier war wieder ein Neuer. In naher Zukunft war noch eine erhebliche personelle Veränderung fällig.

René Lévyberg blinzelte immer noch, war immer noch genauso unfreundlich, schien noch niedergeschlagener. Ich setzte mich unaufgefordert. Er sagte:

„Sie haben mir anscheinend eine wichtige Mitteilung zu machen, Monsieur Burma?"

„Ja. Aber zuerst möchte ich mich nach Ihrem Gesundheitszustand erkundigen. Ich habe gehört, Sie sind vor ein paar Tagen sozusagen das Opfer eines Attentats geworden? Genauer gesagt, an dem Abend als Péronnet-Bonfils seine Seele ausgehaucht hat, ein wenig mit meiner Unterstützung. Sie hatten wohl eine stürmische Diskussion, hm? Als Feind jeden Skandals, jeden störenden Gerüchts hat Ihnen der Artikel im *Crépu* natürlich nicht gefallen. Péronnet war das egal. Er hatte Sie genug benutzt und wollte ins Ausland."

Lévyberg knurrte nur etwas vor sich hin.

„Ich sehe, Sie haben sich wieder vollkommen von diesem Unfall-Vorfall erholt."

Wieder nur Knurren und Wimpernklimpern.

„Ich habe Kommissar Faroux erzählt, daß Sie Péronnet in dem Lager kennengelernt haben, in das ihn seine Freunde von der Gestapo gebracht hatten, um ihn gefügiger zu machen – was Sie nicht wußten. Ich hab ihm auch erzählt, daß er Ihnen das Leben gerettet hat und Sie ihm deshalb ewige Dankbarkeit geschworen haben. Und daß Péronnet Ihr Unternehmen für seine eigenen... Geschäfte benutzt hat. Und deshalb seine Leute hier eingeschleust hat. Zum Beispiel den Portier, der meinen ersten Besuch seinem Chef meldete."

„Das stimmt allerdings", schnauzte Lévyberg. „Ich hatte von nichts 'ne Ahnung."

„Ich hab Faroux aber nicht erzählt, daß Péronnet sich in

einer Ihrer Vorstadtwohnungen oder Häuser in der Provinz versteckt hat, wenn es nötig war."

„Er war mit dem Gesetz in Konflikt geraten. Hat es mir nie verschwiegen. Aber wenn ich gewußt hätte, daß er ein Mörder war..."

„Natürlich. Deshalb hat er mich auch nicht umbringen lassen, als er mich loswerden wollte. Er hat sich was anderes ausgedacht. Wenn ich nämlich eines gewaltsamen Todes gestorben wäre, hätten Sie ihn sofort verdächtigt, und er legte doch so großen Wert auf Ihre profitable Freundschaft. Gut. Ich hab Faroux auch nicht erzählt, daß Sie bei einer Erpressung nicht zur Polizei oder zu einem Privatdetektiv laufen, sondern Péronnet bitten würden, das in Ordnung zu bringen. Wie Sie ihn gebeten haben, sich um Moreno zu kümmern, falls der wieder auftauchen sollte. Moreno kann aber nicht wieder auftauchen. Er ist nämlich tot, was ich Ihnen nicht gesagt hatte. Sie gaben Péronnet alle Informationen über ihn. Die hat er sich zunutze gemacht, als er Esther beseitigen mußte, weil sie die Art seiner Geschäfte entdeckt hatte."

Schweigen. Ich riß ein Streichholz an, um mir meine Pfeife anzuzünden. Dann fuhr ich fort.

„Mademoiselle Esther machte sich Sorgen über Ihre Beziehung zu diesem Mann, den sie durchschaut hatte. Aber sie hat sich damit begnügt – aus Anstand oder einem anderen Gefühl, wer weiß –, mich hier ins Haus zu bringen. Vorwand Moreno."

Ein anderes Gefühl? Und wie, Nestor! Sie ahnte seit langem was. Aber wer sollte als Pflasterstein ins Wasser geworfen werden, damit ihr Bruder in den Wellen ertrank? Nestor Burma, klar! Sein Name stand mehrmals in dem Tagebuch. *Wenn Moreno zurückkäme.* Das war der Vorwand. *Burma wär eine gute Adresse.* Hört, hört! *Ausgezeichnet Idee.* Für eine ausgezeichnet Idee war das wirklich eine ausgezeichnete Idee.

„Sie hat sich nur an mich gewandt, um Sie zu schützen..."

Von wegen! Als sie mich nachts anrief, nachdem Sie das Ding mit den falschen Dollars entdeckt hatte, zitterte ihre

Stimme. *Ich möchte Ihnen etwas zeigen.* Endlich hatte sie was in der Hand, um ihren Bruder hochgehen zu lassen! Komplize eines Gangsters. Und sie konnte es sich nicht verkneifen, sich an dem Schauspiel in der Druckerei zu weiden, anstatt wie vereinbart im Bistro auf mich zu warten. Deshalb war sie jetzt tot.

„... Ich möchte, daß Sie das nicht vergessen."

„Ich werde es nicht vergessen", sagte Lévyberg.

„Wunderbar. Jetzt schauen Sie mal."

Ich holte die Abzüge und das Negativ raus und legte sie auf die grüne Schreibunterlage.

„Das hier wollte Ihnen Marceau-Marcellin verkaufen. Wurde von einem Komplizen von Péronnet auf dessen Anordnung hin gemacht. Péronnet wollte Sie in der Hand haben, falls eines Tages Ihre Dankbarkeit nachlassen würde. Aber er hat die Kontrolle über die Fotos verloren. Mußte sie wiederhaben, denn in fremden Händen konnten sie auch für ihn gefährlich werden. Ich nehme an, Péronnet hat Ihnen geraten, das Geschäft anzunehmen, das Marceau-Marcellin Ihnen vorschlug. Und er hat sie auch veranlaßt, die nötige Summe Bargeld abzuheben für unsere Verabredung, nicht wahr?"

René Lévyberg wunderte sich über nichts mehr.

„Ja", flüsterte er.

„Was anderes, Monsieur. Auf diesem Foto könnte man sie leicht für einen raffinierten Komplizen von Péronnet halten. Trotzdem waren Sie's nicht. Moral: Hör nicht auf Erpresser, es kommt noch immer besser. Ob es nun einfache Gangster oder die von der Gestapo sind..."

Na ja, ich wollte noch etwas Geld aus Esther rauspressen, auch wenn sie jetzt tot war.

„Ja, höchstwahrscheinlich", sagte Lévyberg.

Nachdenklich betrachtete er die Fotos. Schließlich hob er seinen Flatterblick.

„Wieviel?"

„Sie beleidigen mich", lachte ich. „Aber ich will Sie nicht

enttäuschen. Zwei Millionen. Verteilt auf zwei Schecks. Der erste auf den Namen Clotilde Philippon. Sie ist sozusagen die Witwe eines jungen Blödmanns, eines Charakterschweins erster Güte. Sie soll nicht glauben, daß er sie belogen hat. Der andere Scheck geht auf meinen Namen. Ist aber nicht für mich. Irgendwo ist bestimmt ein Waisenkind in Pflege, von einem armen Mädchen, einer heißen Nutte, die kaltgemacht worden ist."

Als ich wegging, hatte ich die Schecks in der Tasche. Zum letzten Mal sah ich an der Fassade hoch. So breit wie eine Flußmündung. Fünf Etagen. Stoffe Berglevy. Wollgewebe. Baumwollgewebe. Seidenstoffe. Tuche. Leinengewebe.

Kinoleinwand zum Träumen? Bettücher für ein Liebesnest? Leichentücher, sonst nichts.

Paris 1955

Nachgang

Im vergangenen Jahr, sagt Madame beim Gläserabwaschen hinter der Theke, im vergangenen Jahr, war ER sogar da. Und dabei wies sie mit der Kinnspitze auf eines der Schwarzweiß-Fotos im gläsernen Schaukasten, dem blankgeputzten Tresen gegenüber. Er hat mir sogar die Hand gegeben, freut sie sich noch immer und fügt dann hinzu: „Obwohl ich doch erst ein Jahr hier bin" – als sei ein Händedruck unter solchen Umständen eine besondere Auszeichnung.

ER: Das ist Staatspräsident François Mitterrand – und HIER: Das ist das *Café du Croissant* an der Ecke Rue Montmartre und Rue du Croissant.

Französischer läßt sich der Name eines Cafés gar nicht denken. Aber nicht die knusprig-frischen Hörnchen, die den sonst so kargen französischen Frühstückstisch erträglich machen, haben dem Café seinen Namen gegeben. Denn Croissant heißt auch Halbmond, und der Halbmond schmückt einen Hauseingang in dieser Straße, die schon seit über 350 Jahren nach diesem Symbol benannt ist. Das Café selbst wäre kaum der Rede wert, hätte dort nicht an einem heißen Julitag 1914 der Sozialistenführer Jean Jaurès mit einigen Kollegen der von ihm gegründeten Zeitung *Humanité* zusammengesessen. Der überzeugte Pazifist Jaurès hatte den unmittelbar bevorstehenden Ausbruch des Ersten Weltkrieges nach dem Thronfolgermord von Sarajewo vorausgeahnt. Er wußte, daß seine wiederholten Aufrufe zu einer Aussöhnung, zumindest einer friedlichen Einigung mit dem verhaßten deutschen Nachbarn auf taube Ohren stießen.

Es wurden hitzige Debatten geführt an diesem Abend. Jaurès entschloß sich, von seinen Freunden bedrängt, zum Abendessen zu bleiben. Kurz vor 22 Uhr trat ein Mann ans offene Fenster und gab zwei Pistolenschüsse auf Jaurès ab. Einer durchschlug seinen Schädel und blieb in dem Holzbalken hinter dem Tisch stecken. Jaurès überlebte den Anschlag nur wenige Minuten.

Der Täter wurde gefaßt. Es war der 29jährige Raoul Villain. Ein hitziger Wirrkopf, der später in der Vernehmung angab, er habe eigentlich ein Attentat auf den deutschen Kaiser geplant, dies aber kurzfristig wieder verworfen, um sich dann auf Jaurès zu besinnen.

Über der Heizung des Cafés, ein wenig versteckt von einem Spielautomaten, hängt heute eine Glasvitrine mit Erinnerungen an diesen Anschlag. Ein Stück morsches Holz, das die tödliche Kugel birgt, und zahlreiche Zeitungs-Ausschnitte, darunter die Ausgabe der *Humanité* vom 1. August mit der Balken-Überschrift ‚Jaurès ermordet'. Auf Jaurès berufen sich noch heute die Sozialisten, aber auch die Kommunisten, deren Parteizeitung inzwischen die *Humanité* ist. Jaurès wurde ins Panthéon überführt; an seiner Grabstätte legte Mitterrand im Mai 81 bei der pompös angelegten Amtseinführung eine rote Rose nieder.

Dem Attentäter Raoul Villain wurde erst nach Kriegsende im Jahre 1919 der Prozess gemacht, der mit einem spektakulären Freispruch endete. Seine Spur verlor sich dann, bis bekannt wurde, daß er im spanischen Bürgerkrieg gefallen war. Es wurde nie geklärt, ob Villain ein Einzelgänger war oder ob er im Auftrag von Hintermännern gehandelt hatte.

Kein Fall für Nestor Burma. Der bog gleich hinter dem Café in die Rue des Jeûneurs ein, auch so ein Straßen-Mißverständnis. Denn angeblich soll das Wort nicht vom Fasten abgeleitet sein, sondern von den *Jeux Neufs*, den neuen Spielen, womit bei der Namensgebung vor über 200 Jahren das Boule-Spiel gemeint war.

„Als ich vor dem Gebäude stand", schildert Burma, „konnte ich es gar nicht übersehen. Fünf Etagen. Viele hohe Fenster." Die horizontale Tafel aus schwarzem Marmor und den Goldbuchstaben, die auf die Firma Lévyberg hinwiesen, fehlt heute. Natürlich. Das Haus ist erst vor kurzem renoviert worden. Aber hinter den hohen Fenstern wird noch immer mit Stoffen gehandelt.

Bedruckte Stoffe und bedrucktes Papier drücken diesem Viertel ihren Stempel auf. Aragon, der unlängst verstorbene und letztverbliebene Hausphilosoph der französischen Kommunisten, wittert in einem Roman die typische Duftnote dieses 2. Arrondissements: „Die ganze Gegend riecht nach feuchtem Papier, nach Tinte und nach alten Kleidern. Das Viertel atmet durch diesen Geruch den Duft der Anarchie".

Ist es da Zufall, daß Léo Malet, der ‚konservative Anarchist', als den er sich einmal bezeichnet hat, das Büro des

Nestor Burma gerade in dieses zweite Arrondissement gelegt hat? Den Stoff- und Nachrichtenhändlern gesellt sich übrigens noch – durchaus nicht unpassend – eine dritte Spezies hinzu: die Börsianer. Die in neoklassizistischem Stil erbaute Börse gleicht einem weihevollen Säulentempel, aber im Innern geht es, vor allem in den turbulenten Mittagsstunden, zu wie in einem Bienenkorb. Der von Aragons Spürnase erschnupperte Duft der Anarchie muß doch ein laues Lüftchen sein, das an der Pforte der Börse längst abgeflaut ist. Geld stinkt eben nicht.

Um von der Rue des Jeûneurs zur Börse zu gelangen, muß man die Rue Feydeau durchqueren. Dort hatte sich der zwielichtige Lemeunier mit seinem Schmierenblatt *La bonne Nouvelle* einquartiert. „In einem abbruchreifen, von Holzbalken dauerhaft abgestützten Gebäude". Eben doch nicht dauerhaft. Dort, wo „die unebenen Stufen unter meinen Füßen ächzten", wie Burma erinnert, ächzen heute die Bewohner des Neubaus unter saftigen Mietpreisen.

Weiter westlich, zur Oper hin, wird's noch nobler. Im Crédit Lyonnais beispielsweise, einem der größten französischen Geldinstitute, das in einem fast festungsartigen Prunkbau mit gewaltigen Ausmaßen beheimatet ist, werden so manche Gewinne, die an der Börse gemacht worden sind, auf den Konten liegen. Weder Burma noch sein eher glückloser Konkurrent Richard aus der Rue Choiseul zählten dabei wohl zu den Großkunden.

Zu den renommiertesten Restaurants in diesem Quartier gehört das Drouant. Hier treffen sich seit 1915 alljährlich in den ersten Dezembertagen die Mitglieder der wiederum sehr renommierten Académie Goncourt zu einem Mittagessen, nach dem der Preisträger des Akademie-Wettbewerbs bekanntgegeben wird. Er ist dem jeweils besten Prosawerk des Jahres gewidmet und vergleichsweise bescheiden dotiert, verspricht erfahrungsgemäß aber hohe Verkaufsauflagen. Die Brüder Jules und Edmond Goncourt, Söhne eines wohlhabenden napoleonischen Offiziers, hatten diese Academie, der übrigens nur Schriftsteller angehören sollen, die nicht in die noch berühmtere Académie Française berufen wurden, zur Pflege der Literatur- und Kulturgeschichte gegründet. Im heutigen Stammhaus der Académie Goncourt am Boulevard de Montmorency in der Nähe des Bois de Boulogne waren häufig auch Maupassant und Zola zu Gast. In den Werken Emile Zolas stößt man immer wieder auf das zweite Arrondissement. In die Nähe der Place Gaillon beispielsweise hat er das Modekaufhaus *Au Bonheur des Dames* in seinem gleichnamigen Roman angesiedelt.

In der Rue St. Joseph (Nr. 10) wurde Zola 1840 geboren. Ein paar Schritte nur entfernt vom anfangs zitierten Café du Croissant. Zolas besondere Vorliebe galt den vielen Passagen, den laut Aragon ‚Menschenaquarien' und ‚großen Glassärgen'. Nur noch ein kleiner Teil der zu Beginn des vergangenen Jahrhunderts über hundert Passagen hat überlebt. Aber diese überdachten Fußgängerzonen sind längst nicht mehr Flanierstraßen der ach so feinen Gesellschaft. Das spinnenartige Gewirr der Eisenkonstruktionen hat Rost angesetzt, das Spiegelglas ist auf vielen Augen blind und den verblassenden Mosaikboden bedeckt Bauschutt. Viele der kleinen Läden, die sich hier eingenistet haben, locken die rare Kundschaft hinter staubigen Schaufenstern mit Restposten. Ausverkauf beherrscht die Szene, so als seien die Ladeninhaber nur auf Zwischenstation, auf rasche Vergänglichkeit programmiert. Die Pariser Passagen sind etwas sehr Vorübergehendes. Auch die Vivienne an der Rue des Petits-Champs, in der am ehesten noch der Versuch unternommen wurde, den Glanz von vorgestern wiederaufleben zu lassen. Nestor Burma wird die Vivienne oft durchquert haben auf dem Weg zu seinem nahegelegenen Büro. Die Passage des Panoramas in der Nähe der Börse findet sich in Zolas *Nana* wieder und leider ganz besonders trist gibt sich heute die Passage Choiseul am Eingang des Theaters Beuffes Parisiennes, das die Uraufführung von Offenbachs *Orpheus in der Unterwelt* gesehen hat. „Eine unglaublich verpestete Ecke", übertreibt schimpfend der

Romancier Céline, der dort seine Kindheit verbracht hat. An der Nationalbibliothek vorbei, mit über sechs Millionen Bänden eine der umfangreichsten Büchersammlungen der ganzen Welt, findet man sehr schnell zur Place des Victoires. Eine der Straßen, die von diesem Platz wegführen, ist die Rue du Mail, in deren Nummer 13 Franz Liszt lange Jahre seines Lebens wohnte und an deren Ecke sich im Hotel Macé der windige Journalist Victor Marcellin einquartiert hatte. Marcellin entpuppt sich bei Malet zwar trotz einiger charakterlicher Unregelmäßigkeiten nicht als Zechpreller (Patron Gabriel: „Er schuldet mir nicht einen Sou"), aber andere Hausgäste müssen wohl mit der Begleichung ihrer Rechnungen in Verzug geraten sein. Jedenfalls hat das Hotel offensichtlich Pleite gemacht. An der von Malet beschriebenen Stelle steht es jedenfalls nicht. Malet plaziert es „genau gegenüber einer Devotionalienhandlung", die sich offenbar als krisenfester und langlebiger erweisen als Beherbergungsstätten. Jedenfalls hat die in leuchtendem Himmelblau gehaltene Devotionalienhandlung noch immer ihre Pforten geöffnet.

Die äußerlich eher unscheinbare Kirche Notre-Dame des Victoires steckt voller Anekdoten. Ihren stolzen Namen verdankt sie zunächst einmal der Einnahme der widerspenstigen Stadt La Rochelle, einer Hochburg der Protestanten durch königliche Truppen. Militärische Tradition hat dann wohl auch dazu geführt, daß im Laufe der Jahre an den Seitenpfeilern Schaukästen angebracht wurden, in denen sich eine Vielzahl von Orden aneinanderreiht. Zahlenmäßig umfangreicher noch gestaltet sich die Ansammlung von mehr als 30000 Votiv-Tafeln, die die weithin unbekannte Kirche zu einem Wallfahrtsort gemacht haben, der diesbezüglich sogar Lourdes in den Schatten stellt.

Die skurrilste und wohl auch amüsanteste Episode ihrer bewegten Geschichte verdankt das Gotteshaus aber einem Ondit, auf das ich durch die Schilderung des deutschen Diplomaten Jörg von Uthmann aufmerksam wurde, dessen launig geschriebener Paris-Führer zum Interessantesten zählt, was in jüngster Zeit in deutscher Sprache über die abseitig-kuriose Seite von Paris erschienen ist.

Dieses von der seriösen Geschichtsschreibung zu Unrecht vernachlässigte Ereignis hat sich wie folgt zugetragen: Es war einmal ein Augustinermönch, der zu jener Zeit dort seinen Dienst verrichtete. An einem naßkalten Novemberabend des Jahres 1638 erschien ihm plötzlich – so schilderte er es jedenfalls wenig später der erstaunten Umwelt – die Jungfrau Maria mit einem Kind im Arm. Damit keine Mißverständnisse aufkämen, belehrte sie ihn sogleich, das Knäblein sei nicht etwa das Jesuskind, wie er auf Grund seiner frommen Erziehung und in voller Kenntnis der biblischen Geschichte vorschnell schließen könnte. Es handele sich vielmehr um ein politisch höchst bedeutsames Kleinkind, nämlich den künftigen Thronfolger des französischen Hofes. Da nun der Mönch zu einem Orden gefunden hatte, dem nicht das Gebot des Schweigens vor allen anderen Pflichten auferlegt war, erzählte er sein Erlebnis auch gleich weiter.

Nun war der Winter des Jahres 1638 ein ganz grausliger Winter voller Tiefdruckgebiete. Und die Hofchronisten haben später herausgefunden, daß nur eine Woche nach der wundersamen Begegnung, die dem Mönch da widerfahren war, ein schwerer Schneesturm Paris heimsuchte. Der König, es war noch immer Ludwig XIII., entschloß sich also auf Grund des überaus schlechten Straßenzustandsberichtes, auf die Rückkehr ins Schloß von Versailles zu verzichten und für dieses eine Mal und entgegen seinen sonstigen intimen Gepflogenheiten bei seiner angetrauten Gattin, der Königin Anna, in Paris zu nächtigen.

Dies muß dann wohl – Hofchronisten sind findige Leute und kluge Rechner dazu – die im folgenden Jahr anstehende Geburt eines Sohnes nach sich gezogen haben. Eben jenes Ludwig XIV., der dann als Sonnenkönig in die Annalen einging.

Und auf einmal war jener Augustinermönch mit der schillernden Phantasie aus der Kirche Notre Dame des Victoires wieder in aller Munde. Er wurde so berühmt, daß er später in der Kirche beigesetzt wurde und die Pferdedroschken, die vor dem Gotteshaus damals ihren Stellplatz hatten, ihm zu Ehren seinen Namen erhielten. Den Namen des kleinen Augustinermönchs: Fiaker.

Mitte der 60er Jahre unseres Jahrhunderts aber hingen die Kutscher den Pferdehalfter an die Wand und gaben ihr Gewerbe auf. Dabei zählen Pferderennen zu den gesellschaftlichen Höhepunkten in dieser Stadt, Pferdewetten sind mit die größte Leidenschaft der Franzosen und werden in den täglichen Nachmittagsnachrichten im Rundfunk jedem politischen Ereignis – gleich welcher Bedeutsamkeit – stets vorgeordnet.

Der Droschkendienst jedoch war auf den Hund gekommen. Nur einmal noch, Anfang der 80er Jahre, war ein zaghafter Versuch gestartet worden, das nostalgische Unternehmen neu zu beleben. Aber die von Lärm und Autoabgasen geplagten Tiere trabten nur einen Sommer eine festgelegte Route am Garten der Tuilerien und am Palais Royal entlang zur Place Vendôme. Heute laufen die Pferde nur noch draußen im Bois de Boulogne.

„Daß eine Hure wie Marion in einem so alten, heruntergekommenen Haus wohnte“, wundert sich Burma, „war nur durch die allgemeine Wohnungsnot zu erklären.“ Nun, um die Wohnungsnot in Paris steht es seit Nestors besten Tagen nicht viel anders. Und noch immer säumen die Rue Montorgueil alte, heruntergekommene Häuser. Dieser östliche Teil des zweiten Arrondissements steht im Sanierungsplan der Stadt Paris wohl auf den hinteren Seiten. Wenigstens die geschäftige Betriebsamkeit ist der Straße somit nicht abhanden gekommen. Auch am Sonntagmorgen ist hier Markt und es ist das Paradies der Tante-Emma-Läden, das hier zu Hause ist. Da hängen noch die Schinken und die Hartwürste aus der Auvergne am Eingang der Metzgerei, die schon der Großvater geführt hat, und gleich nebenan wird der Käse aus dem Cantal noch vom Stück geschnitten. Da und nicht in einem Super-

AU PLANTEUR
AUCUNE SUCCURSALE
RÖDEL
AU PLANTEUR
VENUS

markt hat sich wohl Marion versorgt. Aber in welchem der durchweg ein wenig schäbigen Häuser mag sie gewohnt haben? Zuweilen ist im verwitterten Mauerwerk noch der verblassende Name eines Restaurants zu lesen, in dem heute ein zugewanderter Tunesier bedächtig fettriefendes Hackfleisch vom Rundgrill schabt, um es mit Zwiebelringen, Tomatenscheiben und einem Klecks Harissa für umgerechnet fünf Mark zu einem Sandwich zusammenzumischen. In einer Seitenstraße, der Rue Bachaumont, findet man im „Aux Crus de Bourgogne“ auch heute noch einen Winkel unverfälschter Provinz. Keine Haute Cuisine, aber auch kein modischer Schnickschnack, wie er im Hallenviertel immer häufiger anzutreffen ist. Auf rotkarierten Tischdecken wird den

Gästen – und es sind fast alle Stammgäste – gute regionale Küche serviert, wie sie in Paris leider immer seltener wird.

Noch uriger geht es aber im Grand Cerf zu, in der gleichnamigen Passage, zwischen der Rue St. Denis und der Rue Dussoubs. Es ist eines der preiswertesten Lokale überhaupt in Paris, wo man sich für kaum mehr als 10 Mark rundum sattessen kann, ein viertel Rotwein inklusive. Ein alter Geheimtip für Leute mit ganz dünnen Brieftaschen.

Es wäre sicher die rechte Adresse für den italienischen Komödienschreiber Carlo Goldoni gewesen, der seine Heimat, erbost über fortgesetzte Kritik an seinem Schaffen, verlassen hatte und die letzten 30 Jahre seines Lebens in Paris verbrachte, wo er sich in der Rue Dussoubs eine Wohnung genommen hatte. Obwohl er eine Anstellung an der Comédie Française fand und dann auch Lehrer für Italienisch am königlichen Hofe war, starb er schließlich, völlig verarmt und ohne auch nur die Spur seiner Grabstätte zu hinterlassen, 1793, wenige Jahre also nach Ausbruch der Revolution.

Auf der anderen Seite der Passage also die Rue St. Denis, das heißeste Pflaster von Paris. Besonders auf der Höhe der Rue Blondel, an deren Ecke Burma sich zu einem bewegten Vorspiel einfindet. Schätzungen zu Folge haben sich dort vier Fünftel aller Pariser Prostituierten niedergelassen und Shirley McLaine, die unvergeßliche Irma la Douce aus dem Film von Billy Wilder soll dort vor Beginn der Dreharbeiten etliche Tage Anschauungsunterricht genommen haben. Nicht erst der heutige Bezirksbürgermeister, ein Mann der konservativen Opposition, hat sich angeschickt, dem von vielen Anwohnern so angesehenen Unwesen ein Ende zu bereiten, in dem er kurzerhand deren Anwesen einfach zumauern ließ. Was ihm in Anlehnung an den derzeit populären Anti-Rassismus-Slogan *touche pas à mon pote!* (rühr meinen Kumpel nicht an!) den spöttischen Protest eintrug *touche pas à ma pute!* (rühr meine Hure nicht an!).

Der Behördenärger mit den leichten Damen reicht bis ins Mittelalter zurück. Im 14. Jahrhundert bereits nahm der Pari-

GEORGE DE
ODILENE
FICTION
dab
BRONER

ser Domprobst Aubriot Anstoß an der freizügigen Kleiderordnung, die sich dem frommen Blick dort feilbot. Voller Entrüstung erließ der Kirchenherr eine Verfügung, nach der es verboten sei, „güldene Gürtel, gewendete Kragen und Kleider mit gefiedertem Waldvogelschmuck" zu tragen. Derlei aufwendige Accessoires haben die Damen heute abgelegt. Und einiges mehr. Daß das sündige Viertel offenbar zu allen Zeiten eine sehr weitgefächerte Klientel anlockte, belegt die Anekdote, nach der in der Rue du Ponceau (dort liegt das Bistro, in dem sich Marion von Burma anrufen ließ) sogar ein Erzbischof unter nie restlos geklärten Umständen zu Tode kam. Was die Geistlichkeit freilich nicht bewog, an dieser Stelle eine Gedenktafel anbringen zu lassen.

Das dauerhafte Bemühen der Obrigkeit, die lästigen Vertreterinnen des lustvollen Lasters an den Rand der innerstädtischen Wohnbezirke zu drängen (wobei im Französischen *bord* für Rand oder Ufer steht), führte dazu, daß die interessierte Kundschaft, die den Weg in die nun entstehenden Randbezirke nicht scheute, diese neuen Behausungen *bordes* nannte und deren Insassen *Filles Bordelières*. Was dann in Folge das Bordell entstehen ließ.

Es ist verbürgt, daß der Schriftsteller und Abenteurer Giacomo Casanova bei seinen amourösen Streifzügen während seines Pariser Aufenthalts keine allzu lange Fastenzeit einlegte, aber es bleibt offen, inwieweit er dabei auch die *Filles Bordelières* im Dunstkreis der Rue St. Denis frequentierte. Immerhin ist überliefert, daß er in der nahegelegenen Rue Montmartre ein staatliches Lotterieunternehmen ins Leben rief.

Das Quartier zwischen der Rue St. Denis und der Rue Montmartre ist als ‚Sentier' bekanntgeworden. Eine Wortverformung aus ‚Chantier', also der Baustelle, auch dem Lagerplatz. Gelagert werden dort schon seit Jahrhunderten Stoffballen vor allem und auch Pelze. Es ist das Viertel der Tuchhändler. Keine willkürliche Idee also von Léo Malet, seinen Lévyberg gerade dort heimisch werden zu lassen.

Die Stille und fast dörflich anmutende Rue de la Lune (die Mondstraße) beherbergte jene spezielle Buchhandlung, die, wie Burma schnell herausfand, bei Kunstfreunden einen weit weniger guten Ruf genoß als bei Gunstliebhabern. Ein fest verrammelter Fensterschutz vor dem Laden gleich neben der Kirche Notre-Dame-de-Bonne-Nouvelle läßt offen, welchen Aktivitäten man heute dort nachgeht.

Ein paar Schritte sind es jedenfalls nur von dort bis zur Place du Caire und damit ist man im ägyptischen Viertel. Es gibt auch eine Rue du Caire, eine Rue d'Alexandrie, eine Rue du Nil und eine Rue d'Aboukir. All diese Namen erinnern den napoleonischen Ägypten-Feldzug.

An der Place du Caire macht eine der eigentümlichsten Hausfassaden von ganz Paris auf sich aufmerksam. Eine Art in Stein gehauener Bilderbogen ägyptischer Symbole. Mit Pharaonenköpfen, Hieroglyphen und allerlei Getier. Ganz oben, unter dem Dachfirst hat sich ein karikaturhaftes Männerantlitz mit einer mächtigen Nase eingeschlichen. Angeblich ist es das Ebenbild des Architekten Bouginier, dem seine schalkhaften Gesellen mit diesem Konterfei einen Streich spielen wollten.

Hinter dieser Fassade versteckt sich die Passage du Caire. Jener schlauchartige Durchgang, in dem Esther Lévyberg ihrem Mörder zum Opfer fiel. An dieser Stelle hatte früher eine der *Cour des Miracles* ihre Heimstatt. Wunderhöfe hat man sie genannt, weil dort spätabends, nach getanem Tagwerk, Blinde wieder sehend und Humpelnde wieder springlebendig wurden. Es war die Hochburg der organisierten Bettlergilde und Victor Hugo vermittelt in seinem Roman „Notre Dame de Paris" ein anschauliches Bild dieser Lasterhöhle: „Geräusch, Geschrei, Gelächter, Gehen und Kommen, Sitzen und Stehen, alles floß vor den Augen und Ohren bunt durcheinander."

Der Polizeipräfekt la Reynie ließ schließlich diese Brutstätte des Verbrechens stürmen und versprach dem letzten halben Dutzend Ganoven, die er bei der Razzia noch auftreiben

STELLA ARTOIS
PASSAGE DU CAIRE

konnte, den Galgenstrick noch für den nämlichen Abend. *Bonne Nouvelle* sollen die geplagten Anwohner ausgerufen haben – gute Nachricht, also – und angeblich hat diese gute Nachricht der angrenzenden Kirche und dem Boulevard den Namen verliehen.

Es mag einer wissenschaftlichen Untersuchung vorbehalten bleiben, warum sich ausgerechnet in dieser Gegend die Mehrzahl aller Pressehäuser von Paris niedergelassen hat. Die Zentralen der großen Nachrichtenagenturen finden sich dort,

der Figaro ist da zu Hause und France-Soir und auch das weit über die Grenzen hinaus bekannte Nobelblatt Le Monde. War und ist es die Nähe der Börse, waren es die *Bonnes Nouvelles*, die guten Nachrichten, oder waren es die Wunderhöfe? Oder ist dies alles, was aus dem zweiten Arrondissement an wunderlichen Geschichten überliefert ist, nur eine Ansammlung von Enten, die eben den vielen Schreiberlingen, die sich dort herumtreiben, zu verdanken sind? Auf diese knifflige Frage hat nicht einmal Nestor Burma eine Antwort gefunden.

Peter Stephan, im Juli 1985

Anmerkungen des Autors

Seite 10: Da dieser Roman im Jahre 1955 spielt, handelt es sich bei allen Geldbeträgen, von denen im Laufe der Erzählung die Rede ist, natürlich um „Alte Francs".

Anmerkungen des Übersetzers

Seite 11: **Quai des Orfèvres:** Sitz der Kriminalpolizei in Paris.

Seite 13: **Tour Pointue:** Polizeidienststelle im Palais de Justice am Quai de l'Horloge.

Seite 25: **Colonne Duruti:** Eine der vier Kolonneneinheiten, die 1936 Madrid angriffen.

Seite 37: **Cour des Miracles:** Im früheren Paris das Viertel der Diebe und Bettler; allgemein: verrufenes Gaunerviertel, Schlupfwinkel für die Unterwelt.

Seite 48: **Brioches:** Hefegebäck, das in einer gerippten Form gebacken wird und oben eine Kugel trägt.

Seite 53: ...rief er **Cambronne** zu Hilfe: Ähnlich wie Götz von Berlichingen ist auch der napoleonische General Cambronne in die Geschichte eingegangen. Als ihm nämlich bei Waterloo die Aufforderung zur Übergabe überbracht wurde, soll er mit *merde* (Scheiße) geantwortet haben. („Das Wort Cambronnes")

Seite 107: **Officier Ministériel:** Bezeichnung für Inhaber gewisser Ämter (Notar, Anwalt, Gerichtsvollzieher o.ä.), die vom Staat verliehen werden und käuflich sind.

Seite 109: „Finger weg vom Geld": Roman von Simonin *(Touchez pas au grisbi)*

Seite 115: **Aubervilliers:** Stadt im Departement Seine-Saint-Denis.

Seite 120: **Almanach Vermot:** Jahrbuch, berühmt wegen seiner Witze und Wortspiele.

Straßenverzeichnis 2. Arrondissement

J 16	Boulevard Bonne-Nouvelle
K 16	Place du Caire
K 14	Place Gaillon
K 15	Place des Petits-Pères
K 17	Rue d'Aboukir
K 15	Rue de la Banque
K 16	Rue Beauregard
K 16	Rue Blondel
J 24	Rue de Choiseul
K 16	Rue de Cléry
K 16	Rue du Croissant
J 15	Rue Feydeau
K 16	Rue des Jeûneurs
K 14	Rue Louis-le-Grand
J 16	Rue de la Lune
K 15	Rue du Mail
K 16	Rue Montmartre
K 16	Rue Montorgueil
K 16	Rue de Mulhouse
K 16	Rue du Nil
K 13	Rue de la Paix
K 15	Rue Paul-Lelong
K 14/15	Rue des Petits-Champs
K 17	Rue du Ponceau
K 16	Rue Réaumur
K 15	Rue de Richelieu
K 17	Rue Saint-Denis
K 17	Rue Sainte-Foy
J 16	Rue Saint-Fiacre
J 15	Rue Saint-Marc
K 17	Rue Saint-Spire
J 14	Rue du 4 Septembre
J 16	Rue Thorel
K 15	Rue Vide-Gousset
K 14	Square Louvois

Inhaltsverzeichnis